佃 はじめ食堂

恋するハンバーグ

山口恵以子

Eiko Yamaguchi

角川春樹事務所

目次

装画　ノグチユミコ
装幀　藤田知子

恋するハンバーグ

佃 はじめ食堂

第一話

覚悟のビフテキ

出来立てのベシャメルソースの香りが、鍋《なべ》からほんのりと漂ってくる。豊かで甘く柔らかな香りだ。

「ちょっと、味見！」

一子《いちこ》はスプーンで白いクリーム状のソースをすくい上げ、口に運んだ。舌の上に広がるのはバターと牛乳と小麦粉の三位《さんみ》一体《いったい》が織りなす濃密にして優雅なメロドラマだ。

「……美味《おい》しい」

思わずため息が漏《も》れた。うっとり目を閉じれば、写真でしか見たことのないパリの街並が目の前に浮かんでくる。そして温かく穏やかで、適度に湿り気を帯びた感情が胸に満ちてくるのだった。

孝蔵《こうぞう》のベシャメルソースの作り方は独特だ。

ベシャメルソース……所謂《いわゆる》ホワイトソースは、通常は鍋を弱火に掛けてバターを溶かし、小麦粉を振り入れたら、ダマがなくなってパラパラになるまで、焦《こ》がさぬように根気よく炒《いた》める。それから冷まして熱を取り、全体にしっとりしてきたら再び弱火に掛けて、常温の牛乳を少しずつ注ぎながら丁寧《ていねい》に混ぜ合わせていって、やっと完成する。

ところが孝蔵のやり方は、小麦粉をパラパラになるまで炒めるところは同じだが、その先が違う。沸騰寸前まで温めた大量の牛乳を、一気に鍋に注ぎ入れ、大きな泡立て器で勢いよく攪拌《かくはん》してしまうのだ。そうするとなぜか不思議とダマも出来ず、なめらかな白いソースがきわめて短時間で完成する。

一子は孝蔵の作る料理はどれも好きだったが、とりわけこの魔法のようなベシャメルソースに魅《み》せられていた。

「ほら、行った、行った」

孝蔵は苦笑しながら茶碗《ちゃわん》一杯のベシャメルソースを舐《な》めている一子を厨房《ちゅうぼう》から追い立てた。これから昼の仕込みが佳境《かきょう》に入る。妻といえども厨房に突っ立っていられては邪魔っけだった。

「ねえ、うちのロールキャベツ、ホワイトソースで煮たらだめ？」

その夜、店を閉めてから孝蔵にそう提案した気持ちに全く他意はない。この美味しい白いソースを使った料理がグラタンとクリームコロッケとポタージュスープだけではもったいないと思ったのと、キャベツの葉のきれいな緑色が、茶色いソースの中に隠れてしまうのが残念だったからだ。はじめ食堂のロールキャベツはデミグラスソース煮だった。

「……そうだな」

だが、孝蔵は真剣な顔で考え込み、やがて眉《まゆ》を開いて呟《つぶや》いた。

「案外いけるかもしれないな。言われてみれば、デミソースやトマトソースを使う店はたくさんあるが、ホワイトソースの店はあまりないはずだ」

一子は予想外の夫の反応に声を弾《はず》ませた。

「じゃあ、明日からロールキャベツはホワイトソースね？」

「ほんとは、おまえが食べたかったんだろう？」

「あたり！」

孝蔵は苦笑を漏らしたが、その表情は満更《まんざら》でもなさそうだった。

「確かに、自分が食いたいものをお客様に出すのが本道だ。自分が食って美味《うま》いと思うものでなけりゃ、人様に美味いと思ってもらうことなんか出来っこないものな」

こうしてはじめ食堂の名物の一つ、ロールキャベツのホワイトソース煮が誕生した。昭和四十（一九六五）年十月、佃《つくだ》の町にはじめ食堂が開店して半年ほど過ぎた頃だった。


一と書いて「にのまえ」と読む。孝蔵の名字だ。

一子と孝蔵はお互い一目《ひとめ》惚《ぼ》れの相思相愛だったから、プロポーズされたときは待ちかねていて、天にも昇るほど幸せだった。しかし、一つだけ困った問題があった。結婚して名字が変ると、一子の姓名は「一一子」になってしまうのだ。

「さすがにおかしいわよね」

一子は「一一子」と大書した紙をじっと見つめて、ふうっとため息をついた。

「名字を変えるわけにいかないから、名前の方を変えようかしら。市子とか、伊智子とか」

ところが孝蔵はこともなげにあっさりと答えた。

「良いじゃないか、覚えやすくて。俺は好きだな」

孝蔵は「一一子」と書いた紙を手に取ると、嬉《うれ》しそうに微笑《ほほえ》んだ。

「せっかく親からもらった名前じゃないか。変えるなんてもったいないよ」

孝蔵にそう言われると、一子も「一一子」がとてもすてきに見えてきた。

「そうね。そうする。変えないわ」

こうして一子は結婚し、世にも珍しい姓名と、世にも素晴らしい男を手に入れたのだった。

それははじめ食堂開店の十四年前、昭和二十六（一九五一）年の春のこと。孝蔵は二十四歳、一子はまだ十八歳になる前で、高校三年に在学中だった。学校は結婚のためにきっぱり退学した。まだ戦争の傷跡が生々しく残る時代ではあったが、若い二人の胸は未来への希望ではち切れそうで、瞳《ひとみ》は明るく輝いていた。

息子の高《たかし》がランドセルを背負って家を出るのと入れ違いに、築地《つきじ》へ仕入れに行った孝蔵が帰ってくる。

「今日は鱈《たら》の良いのが入ったから、ムニエルにする。白子《しらこ》はテリーヌだ」

「うわ、美味しそう」

ムニエルとテリーヌは夜のメニューだ。はじめ食堂は洋食屋だが、夜はちょっぴりフランス料理の数が増える。

孝蔵がトロ箱の中身を冷蔵庫に移している間に、一子はアジの干物《ひもの》を焼き、味噌汁《みそしる》を温め直しておく。

「今日は牡蠣《かき》が小ぶりだったが、まあしょうがないな。殻《から》付きで買ってるわけじゃないし」

「二つくっつけて一つにしちゃえば良いじゃない。フライだもん、分らないわよ」

仕込みを始めるまでの時間、孝蔵は新聞に目を通しながら朝食を取り、先に高と朝食を済ませた一子は、お新香でお茶を飲んで孝蔵に付き合う。ちゃぶ台の前で四方山話《よもやまばなし》に花を咲かせるこのひと時が、忙しい毎日の中で夫婦が落ち着いて過ごせる団欒《だんらん》の時間だった。

十時には従業員がやってくるので、二人はそれまでに腰を上げ、孝蔵は店の厨房へ降りて仕込みに掛かり、一子は台所で洗い物を済ませておく。

「おはようございます！」

松方英次《まつかたえいじ》と日室真也《ひむろしんや》は、だいたい二人同時に店に入る。同じ路線で通勤しているので、電車も一緒になるのだ。英次は二十五歳、真也は二十二歳。二人とも別の店で働いていたのだが、孝蔵が帝都《ていと》ホテルから独立して洋食屋をやるという話を聞きつけて、是非働かせてほしいとやってきた。すでに何年か実務経験のある従業員を雇えたのは、はじめ食堂にとって幸運なことだった。

三人が開店に向けて仕込みに専念している間、一子は家の掃除《そうじ》と洗濯を済ませ、店の掃除に取りかかる。とはいえ、カウンター七席にテーブル五卓の小さな店だから、簡単に床を掃いてテーブルを拭《ふ》くだけで、大して手間はかからない。店の中の掃除が終わると、入り口のドアと表のショーウィンドウを拭く。

ショーウィンドウには洋食屋の看板、サンプルの蠟細工《ろうざいく》が飾ってある。合羽橋《かっぱばし》へ行ってあつらえた品だ。孝蔵は最初気が進まなかったらしいが、一子は「洋食屋にサンプルが飾ってなかったら、お客さんが入らないわよ」と強引に説得した。その効果は十分にあったと、今は確信している。

そして開店時間、午前十一時半になると、一子は店の外に電飾の看板を出す。白地に赤で「はじめ食堂」と書いてある。赤と白で縁起《えんぎ》が良い。昼は置くだけで電気は点《つ》けないが。

そのほかにもう一台、ランチ定食の内容を書いた黒板も店の前に出しておく。これも一子のアイデアで、店に入ってからあれこれ悩むお客さんのためだ。昼休みを利用して食べに来る勤め人も結構多いので、余計な時間は節約して、少しでもゆっくり食事を楽しんでほしかった。

「いらっしゃいませ！」

開店を見計らったように、次々客が訪れる。すぐ目の前の石川島播磨《いしかわじまはりま》重工業の社員、隣の月島《つきしま》の住人、そして佃大橋を渡った明石町《あかしちょう》から食べに来てくれる人もいる。

ランチセットは揚げ物と焼き物のメニューから好きな物を二品選び、ご飯又はパン・サラダ・日替わりスープの三点セットが付いて五百円。映画館の封切りと同じ料金だから決して安くはないが、内容を考えれば高くない。揚げ物はトンカツ・海老《えび》フライ・メンチカツ・クリームコロッケ・サーモンフライ、焼き物はハンバーグ・ポークソテー・チキンピカタ・海老のコキール。この九品の中から二品選べるのだ。

もちろん、一品料理も充実している。この他にビフテキ・ビーフシチュー・白身魚のグリル・ロールキャベツ・グラタン・牡蠣フライ、定番のカレーライス・ハヤシライス・オムライスの御三家、ミートソースとナポリタンのスパゲティコンビもちゃんとある。すべての料理に昼は三点セットが無料で付くし、グラタンを含めてライス物とパスタにもサラダとスープが付いてくる。そのせいか、ライス物とパスタ類は女性のお客さんの注文が多い。

「セットでヒレと海老三、コロッケとハンバーグ二、海老とソテー一、お願いします！」

お客さんから注文を受けると、一子はよく通る声で厨房に通し、カウンターの隅《すみ》に伝票を置く。その向こうには千切りキャベツとポテトサラダを盛った皿を積んだ山が、三列並んでいる。注文を受けてから付け合わせを皿に盛っていたら間に合わないので、そうやって準備してあるのだ。皿の底が付け合わせに触れないように、高さ十センチほどのプラスチックの筒《つつ》を置いて積み重ねるのだが、開店直後からその山は見る見る低くなって、ひと山、ふた山と姿を消して行く。そして最後の山が崩《くず》れ始めると、また新たな山が積み上がる。昼のお客が途切れるまで、その光景は毎日繰り返される。

「奥さん、今日のスープ、何？」

「クラムチャウダー」

「何、それ？」

「アサリのクリームスープ。最高に美味しいですよ」

「昨日のコンソメもそう言わなかった？」

「だって、ほんとだもん」

「そりゃそうだ」

開店から半年経《た》って、すでに顔なじみの客も多い。毎日のように昼を食べに来る常連も出来て、はじめ食堂は何を食べても美味しいのが分っているから、軽口も弾む。

「ねえ、海老はフライとコキール、どっちが美味いの？」

「それはどっちも美味しいわよ。でも、昨日もフライだったから、今日は焼き物にしてみたら？」

「じゃあ、コキールと……チキンピカタ！」

「はい、ありがとうございます」

定番の中でもコキールやピカタはなじみが薄いせいか、注文が少ない。だからそういう注文が来ると、孝蔵が喜ぶだろうと思って、一子はちょっぴり嬉しくなる。料理人は毎日同じ料理を同じ味で作れなくてはいけないが、変った料理を作りたい気持ちも強いのだ。

「今日、何にしようかしら？」

週に二、三度店に来てくれる女性客がメニューとにらめっこして眉間《みけん》にシワを寄せている。

「ロールキャベツのセットは如何《いかが》ですか？　ホワイトソースで煮てあります」

マカロニグラタンを注文する頻度《ひんど》が高いので、勧《すす》めてみた。

「あら、それじゃそれにするわ。セットはパンでお願い」

まだ普通のＯＬ……この時代はＢＧと呼ばれていた……の昼ご飯は弁当か社員食堂が一般的で、週に何度も外食するのは珍しかった。それに女性客はほとんど二、三人で連れ立ってやってきて、ご飯物やパスタ類を注文することが多いのだが、その女性客はいつも一人で来店し、月に二、三度は決まってビフテキを注文するのだった。

一子と同年配、つまり三十代前半から半ばくらいで、体つきも中肉中背。食べ盛りでもなく女子プロレスラーのような大女でもないのに、不思議と言えば不思議だった。着ている物もごく普通で、特別贅沢《ぜいたく》な身なりをしているわけではない。それなのに、どことなく貫禄《かんろく》があった。やはり普通のＢＧのようではない。お客さんの身元を詮索《せんさく》するのは失礼だが、ちょっぴり気になる存在ではあった。

水とおしぼりを出して注文を取り、出来上がった料理を運ぶホールの仕事を、一子は一人でこなしていた。小さな店だが満席で二十七人になる。頭と体を酷使《こくし》する大変な仕事で、不慣れな人間ではとても務まらない。ところが店内を忙しく歩き回る一子の姿は、傍目《はため》には花から花へ飛び回る蝶《ちょう》のように軽やかで優雅に見える。

それというのも、一子の実家は銀座裏のラーメン屋で、小さいながらも客の絶えない繁盛店《はんじょうてん》だったのだが、そこの看板娘として店を取り仕切っていた経験があるからだ。孝蔵と知り合ったのも、客として訪れたのがきっかけだった。初回から一子とラーメンにぞっこん惚れ込み、通い詰めてやがて結婚に至ったのである。

忙しいランチタイムだが、一子はお客さんと二言三言、何かしら言葉を交わすようにしている。客商売は愛想《あいそ》が大事だ。感じの悪い店と思われたら、いくら美味しくても客足が遠のいてしまう。

そして、はじめ食堂を訪れる客たちも、一子の笑顔と歯切れの良い応対を楽しみにしているところがあった。何しろ一子は「佃島の岸惠子《きしけいこ》」と謳《うた》われるほどの美人であり、にもかかわらずその美しさを忘れさせるほどさっぱりして気《き》っ風《ぷ》の良い女だったからである。

昭和四十年は、東京オリンピックの翌年に当たる。

オリンピックに備えた建設工事によって、東京の風景は一変した。川は暗渠《あんきょ》とされて高速道路となり、縦横に大小の川筋の走っていた面影はすっかり失われた。これまでも明治維新、関東大震災、東京大空襲など、大きな政変や災害の度に東京の風景は大きく変ったが、街並のみならず地形まで変えてしまったのはオリンピックだけだろう。

その影響は佃島にも及んだ。それまで島だったのが、前年に佃大橋が建造され、隅田川《すみだがわ》の対岸と地続きになった。そのときに隣の月島との間を隔てていた佃川も埋《う》め立てられて道路になり、架《か》かっていた佃橋は廃橋になった。

はじめ食堂は佃大通りの商店街の一角にある、小さな洋食屋だ。帝都ホテルのメインレストランで副料理長を務めていた孝蔵が、わけあってホテルを退職し、父の営んでいた寿司屋《すしや》をそっくり受け継いで洋食屋を始めたのが、この年の四月のことだ。

父の貞蔵《ていぞう》は六十八歳だった。戦前から続けてきた店を一人息子にそっくり譲り渡したのは年齢もあるが、それ以上に身体《からだ》の問題が大きい。実は前年に脳梗塞《のうこうそく》に襲われ、半身不随になってしまったのだ。

もはや寿司を握ることは出来ない。看板を下ろさざるを得なかった。そして、退院してからの生活が困難を極めた。日本家屋は車椅子《くるまいす》で生活できるようには設計されていない。生活のあらゆる場面で、貞蔵は自力では何も出来ず、家族の助力を必要とするようになった。

「情けねえ。人間、こうなっちゃもうお終《し》めえだ」

回らぬ口で呟くのを、家族は胸がつぶれるような思いで聞いた。

このままでは貞蔵が救われないのは明らかだった。何とかしなければと思う気持ちはみな同じだったが、良い考えが見つからないまま年を越した。

すると、年明け早々に貞蔵自身が決断を下した。施設に入ることにしたのだ。

「お舅《とう》さん、そんなこと言わないで。ここで今まで通り一緒に暮らしましょうよ」

孝蔵はもちろん、一子も泣いて止めたが、貞蔵の決意は固かった。寿司屋の親方として長年弟子たちの上に立ってきた誇りが、不自由な身体で家族の重荷になって暮らすことを潔しとしなかった。あちこち調べて、千葉県館山《たてやま》市に最新式の住居型施設があることを知り、女房の小春《こはる》と共に移り住んだ。館山は気候温暖、風光明媚《めいび》な土地で、海の幸に恵まれていた。おまけに小春は千葉県の出身だったので、老後を故郷で過ごすことに否《いな》やはなかった。

「やっぱり、俺はここで店を開くことにした」

貞蔵の施設入居が決まってから、孝蔵は一子に告げた。

「親父《おやじ》の店をこのまま閉めっきりにしたくない。一人息子の俺が跡を継がずに西洋料理の修業をしたいと言ったとき、親父は反対しなかった。寿司貞《さだ》は俺一代で良い、おめえは自分の好きな道でやってみろって、そう言って送り出してくれた。今更遅いが、親孝行の真似事《まねごと》をしたいんだ」

孝蔵の瞳が潤《うる》んでいるのを見て、一子は大きく頷《うなず》いた。

「あたしも、それが良いと思うわ。お舅さんが倒れたときから、なんとなくあんたがそう言い出すような気がしてたの」

「銀座のレストランのマダムにしてやれなくて、すまない」

「なに言ってんの。あたしはあんたの決めたことなら満足よ」

年が明けたらホテルを辞めて独立する心づもりでいることは、去年の秋に打ち明けられた。前の年はオリンピック騒ぎでホテル業界は多忙を極め、帝都ホテルも猫の手も借りたい有様だったので、退職の時期を延期したのだった。初めは銀座の隅に手頃な店を借りる予定で、すでに候補もいくつか見つけていた。

だが、孝蔵が父親の店を引き継ぐことには大賛成だった。

「あたしもあんたが生まれ育ったこの土地で新しい店を始めるのが、一番良いような気がするの。それに、お舅さんの店が空いたら、その後に息子が入るのが一番自然だと思うわ」

一子は結婚してから佃の家に入り、貞蔵・小春夫婦と一緒に暮らしてきた。寿司貞のお運びや会計も手伝っていた。だからこの土地にも店にも愛着がある。廃業した姿は見るに忍《しの》びなかったし、店と住居が一緒なので、他人に貸すのは考えられなかった。

「土地柄を考えると、フランス料理専門は難しい。まずは洋食だな。そこにフランス料理のメニューを加える……」

孝蔵が店の進路を決めると、あとは夫婦で相談して細かいことを決めていった。

まず店の内装はカウンターはそのままに、小上がりをテーブル席に改装した。外装は引き戸を開閉のドアにした。そして一子の意見を通してサンプルを飾るショーウィンドウを設けた。テーブルに赤白のチェックのビニールクロスを掛けたのも一子のアイデアだった。孝蔵は白いリネンのクロスを掛けたがったのだが……。

「そんな高級品使ったら、後が大変よ。毎日取り替えるから洗濯替えが必要だし、途中でこぼされることも考えて予備も必要だし、ケチャップの染みなんかつけられたら、一巻の終わりじゃないの」

一子はこの時、かすかな違和感を抱いた。孝蔵は洋食屋を始めると決めたはずなのに、気持ちはフランス料理にはまっているのではないだろうか……？

その気持ちはメニューの品揃《しなぞろ》えを決める相談をしているとき、一段と強くなった。

「テリーヌは外《はず》せねえよ。前菜の金看板だ。これを食えば店の実力が分るってもんだ」

「でも、夜はともかく、昼にそれを注文する人がどれだけいると思う？」

「帝都じゃ、お客さんは昼だってコースを注文したぜ」

一子は思わずため息をついた。

「昼からコース料理を食べるようなお客さんは、帝都へ行くわよ。あんたが始める食堂は、そんな気の張る店じゃないはずよ」

一子は「こんな場末《ばすえ》で」と言いかけて、かろうじて言葉を飲み込んだ。隅田川の向こうと地続きになったとはいえ、佃という土地はまだ漁師《りょうし》町の面影を残す下町で、すぐ目と鼻の先には大造船所が聳《そび》えているし、隣の月島には小さな町工場がくっつき合って建っている。およそ人がおしゃれをして出かけてくる町ではない。裃《かみしも》を脱いで下駄履《げたば》きで暮らしている町なのだ。

「まずは昼間だけ、普通の町の洋食屋と同じようにやってみましょうよ。冒険するなら、それで様子を見てからだって遅くないでしょ？」

「だけど、おまえが挙げたメニューは揚げ物ばっかりじゃないか。これじゃ腕が鈍《なま》っちまう」

孝蔵には若くして帝都ホテルの副料理長まで上ったという誇りと自負があった。自分の店なら帝都の客だって呼べるはずだと信じている。一子も孝蔵の腕なら大丈夫だと確信していた。

しかし、佃で始める店を帝都ホテルと同じやり方で運営することは出来ない。この土地に合ったやり方で、しかも帝都で食事するようなお客をも引きつける方法が、必ずあるはずなのだ。孝蔵の腕ならきっと出来る。一子はそれを探そうと決意した。

「ねえ、孝さん、メニューで勝負しないで味で勝負しようよ。あんたの作る海老フライやトンカツは、絶対に他の店と違うはずよ」

言葉を尽くして説得して、やっと昼のメニューを揚げ物中心で揃えることを承知させた。コキールとムニエルは孝蔵が譲らなかったメニューだ。

夜は孝蔵の主張で、昼よりずっとフランス料理に近いメニューになった。テリーヌ、ムース、ポワレ、コンフィ……帝都ホテルのメニュー表に載っていた名前が並んだ。

一子はその中の「伊勢エビのテルミドール」を見て、正直バカじゃなかろうかと思った。佃の小さな洋食屋に入って、こんな料理を注文する客がいるとは思えない。一子自身も「テルミドール」とはどんな料理か知らないのだ。「テルミドール」が食べたい客は、伝統と格式のあるレストラン……帝都ホテルのような……へ行くのではないかと、怪しまずにはいられなかった。

しかし、今の孝蔵にそんなことを言っても無駄だということも、一子にはよく分っていた。

あの人は生まれ育ちは佃だけど、学校を出てからずっと帝都ホテルで働いてきて、他の店を知らない。帝都ホテルで通用したことは、何処《どこ》でも通用すると思っている。そんなこと無理だって、きっと頭では分るんだけど、感覚が付いていかないんだ。

仕方ない。しばらくは我慢だ。そのうち身体で分ってくるだろう。帝都ホテルと町の小さな食堂がまるっきり違うってことが。

「是非《ぜひ》、親方の下《もと》で修業したいんです」

佃の店が改装工事に入ったとき、松方英次と日室真也が前後して孝蔵を訪ねてきた。英次は調理の専門学校を出て銀座の老舗《しにせ》洋食屋で働いており、真也は浅草の日本料理屋の息子だったが、洋食の修業がしたいと言って親子《おやこ》喧嘩《げんか》になり、今は家を飛び出して新宿のとんかつ屋で働いていた。

「帝都ホテルの副料理長だった方が佃で店を始めるって聞いて、矢も楯《たて》もたまらず飛んできたんです」

「西洋料理の神髄《しんずい》を勉強したいんです」

「給料はいくらでもかまいません！　弟子にしてください！」

二人ともいずれは独立して自分の店を持ちたいのだろう。そのために少しでも腕の良い料理人の下で働いて腕を磨きたいと、二人の気持ちは同じだった。

「気持ちはありがたいが、ここは町の小さな食堂だから、帝都と同じ料理は作れねえよ。それは承知かい？」

一子につつかれて孝蔵は一応念押ししたが、二人ともきっぱりと答えた。

「かまいません。作る料理は違っても、材料の下ごしらえ、スープの取り方、食材の火の通し方、味付け、勉強することは山のようにありますから」

「分った。それじゃ、働いてもらおう」

「ありがとうございます！」

二人の青年はどちらも椅子からピョコンと立ち上がって頭を下げた。その嬉しそうな顔と孝蔵の自信満々の顔を見比べて、一子は一抹《いちまつ》の不安を拭《ぬぐ》えずにいた。


四月一日の開店日には、この年に新しく帝都ホテルの料理長に就任した涌井《わくい》直行《なおゆき》から大きな花が届けられた。

昼には地元の商店街の人が詰めかけて大盛況だった。貞蔵の営む寿司屋の常連だった人たちも食べに来てくれた。ご飯が足りなくなって、途中で慌《あわ》てて炊《た》き足したほどだった。

昭和四十年当時、町の飲食店は昼と夜の営業を分ける店は少なく、開店から閉店までずっと店を開けておくのが普通だった。だからはじめ食堂も、昼のお客が引けて一段落した後は、二人ずつ二階へ上がってまかないを食べ、休憩した。

忙しかったのでぐったり疲れてしまったが、みんなまだ若く、ご飯を食べて一休みすれば元気を回復した。そして元気百倍で夜の準備に取りかかった。

「いやあ、君が帝都を辞《や》めたと聞いたときは耳を疑ったよ。次の料理長に決まっているもんだと思ったからね」

「恐れ入ります」

恰幅《かっぷく》の良い初老の客に、孝蔵は丁寧に頭を下げた。帝都ホテルの常連客で、四《よ》つ葉《ば》銀行という大きな都市銀行の頭取《とうどり》だった。

「勝田《かつた》さん、女房の一子です」

「こりゃ驚いた。掃き溜《だ》めに鶴《つる》……いや、失敬」

そう言って勝田頭取は愉快そうに笑った。一子は口紅以外化粧気がなく、白い木綿《もめん》のブラウスに紺《こん》のタイトスカート、薄いグレーのカーディガンを着て白い前掛けを締めている。いたって地味で飾り気のない格好だが、それがかえって生来の美貌《びぼう》とスタイルの良さを際立たせていた。

「まあ、驚くことはないか。美男美女、似合いのカップルだ」

孝蔵は身長百七十八センチ、引き締まった体軀《たいく》の苦み走った二枚目だ。一子と並ぶと銀幕のスターもかくやという眺めになる。

「帝都時代は亭主が大変ご贔屓《ひいき》にあずかりました。お忙しい中恐縮でございますが、どうぞこの店にもお運びくださいませ」

一子がにこやかに挨拶《あいさつ》して腰をかがめると、勝田も満面に笑みをたたえて答えた。

「もちろん、そうさせてもらいますよ。帝都の料理が三分の一の値段で食べられるんだから、こりゃありがたいね」

勝田は帰り際「独立祝いだよ」と言って祝儀袋を置いていった。

深々と頭を下げて見送る孝蔵を、英次も真也もあこがれのまなざしで見上げていた。

「どうだい、俺の言ったとおりになっただろう」

その夜、店を閉めてから、孝蔵は祝いのビールを飲み干し、得意げに一子を見た。

「勝田さんの言うとおりさ。俺の料理が帝都時代の三分の一の値段で食べられるんだ。客が押しかけないわけがない」

孝蔵は一子が注《つ》ぎ足した二杯目のビールを、一気に半分ほど飲んだ。

「これから毎日千客万来さ。昼は食堂、夜はレストラン……。やっぱり俺の狙《ねら》いは当たったよ」

「ほんとね。このままずっと続いてくれると良いんだけど」

一子は孝蔵の注いでくれたビールに口をつけ、自分の懸念《けねん》が杞憂《きゆう》に終わることを祈っていた。

開店から一週間過ぎた頃から、一子の懸念は現実になり始めた。客足が目に見えて落ちたのだ。

「そんなバカな……。どういうわけだ、帝都と同じ味で作ってるのに」

夜、布団に入ってから、孝蔵は自らに問いかけるように呟いた。

「ねえ、明日から賄《まかな》いに、お店の料理をみんなで食べてみない？」

「味はちゃんと確認してるよ」

「でも、途中で味見するのと、お客さんに出す完成した形で食べるのと、ちょっと違うんじゃない？」

闇《やみ》の中だが、孝蔵が眉を寄せて考えているのが気配で分った。

「一日一品か二品ずつ、みんなで食べてみようよ。そうすれば何かヒントがつかめるかもしれないから」

「……そうだな」

孝蔵のため息が聞こえた。


「美味いですよ。火の通し方が抜群です」

海老フライを一口ほおばって、真也は感嘆の声を上げた。今日の賄いはトンカツ・海老フライ・メンチカツ・クリームコロッケの揚げ物四品だった。

「前の店でもトンカツと海老フライは毎日揚げてたけど、このふっくらプリプリ感は出せなかったです」

「それに、このタルタルソース……。俺、生まれてから食ったタルタルの中で最高に美味いです」

英次もタルタルソースを口に含んでうっとり目を閉じた。

一子もタルタルソースをつけて食べてみた。確かに美味かった。不味《まず》いはずがない。帝都ホテル直伝の味は手作りマヨネーズ、ゆで卵、タマネギ・パセリ・ピクルスのみじん切り、塩コショウで味を調えたものだ。海老や牡蠣などの魚介のフライには何でも合うし、そのままパンに塗っても、ご飯に載せて醤油《しょうゆ》を少し垂らしても抜群に美味い。

「本当にこんなに美味しいのに、どうしてなのかしら？」

海老フライも絶品だった。車海老は冷凍だが、下処理をきちんとしているので臭《くさ》みは全くない。衣はカラリと揚がって香ばしく、身は良質の油を吸って旨味《うまみ》と弾力を増している。銀座のレストランで食べたら軽く千円を超えるだろう。二千円、三千円取る店だってあるはずだ。それが、人前四百円でご飯と日替わりスープが付いてくるのだから、一子にしてみれば「持ってけ、ドロボー」だった。

「でも、絶対何か原因があるはずなのよ。明日もみんなで別の料理を食べてみましょう」

一子の言葉に、孝蔵はもとより英次と真也も大きく頷いた。若い二人にしてみれば、孝蔵の料理を賄いで食べられるのだから、時ならぬ正月だったろう。

翌日はハンバーグ・ビーフシチュー・グラタン・ポークソテーの、揚げ物以外の料理四品が並んだ。すべて四等分して全員で味を見た。

「美味い……」

感想は前日と変らなかった。

はじめ食堂のソースはフォン・ド・ヴォーを使って作る本格派で、煮込むほどに旨味が増してゆく。だからシチューもカレーも月曜日より土曜日の方が美味しくなる。ハンバーグに掛けてあるデミグラスソースも同様だ。

それに、ハンバーグにも手が掛っている。隠し味にショウガとニンニクのみじん切りを入れ、タマネギは生と炒めたものを半量ずつ使っている。その微妙な甘さと食感の差に隠し味がほのかに効いて、一度食べたらやみつきになりそうだ。

孝蔵の作る料理はいずれも旨味たっぷりで洗練されている。だから何度食べても飽《あ》きることがない。まさに鄙《ひな》にはまれな美味しい料理だった。

それなのに、どうしてお客さんの足が遠のいたんだろう?

一子は大好きなマカロニグラタンを口に運びながら、頭の中はいつもの疑問ではち切れそうだった。

「ただいま!」

高が学校から帰ってきた。近所の佃小学校の二年生だ。帰宅するが早いか、毎日近所の子供たちと野球ばかりしている。今もランドセルを階段の上がり口に放《ほう》り込んで、表に駆け出してゆく。

「タカちゃん、宿題は良いの?」

「後で!」

「しょうがないわねえ」

一子も口ではそう言うが、内心子供は元気が一番だと思っていた。いくら勉強が出来ても、身体が弱くて病気ばかりしていたら先が思いやられる。

夕方の仕込みが始まる前に、一子は買い物かごを提《さ》げて店を出た。佃の町の商店とは貞蔵の代からのつきあいで、日頃《ひごろ》からご飯のおかずを買っていた。

五月の半ばを過ぎて、陽気はすっかり初夏の趣《おもむき》だ。町を行く人の服装からコートが消え、薄着になった。女性たちの服にも明るい色が増えた。

まだミニスカートの登場以前のこの時代、女性のパンツルックは少数派で、ほとんどスカートをはいていた。髪をカールさせた若い娘たちが明るい色を身につけて、大きく膨らんだスカートを風になびかせて歩く今時分の光景が、一子は大好きだった。

同じ通りに店を構える魚政《うおまさ》の前でふと足を止めた。主人の山手《やまて》政吉《まさきち》が客の注文に応《こた》え、鰹《かつお》をおろしていた。息子の政夫《まさお》は冷蔵ケースの魚を並べ直している。政夫は一子より十歳下の二十二歳。高校を出てすぐ父の店で働き始め、今や立派に一人前だ。一子が孝蔵と結婚して佃にやってきた頃は今の高と同い年だったのだから、時の経つのは早い。

「よう、いっちゃん、今日は鰹の良いのが入ってるよ」

政吉は一子を「いっちゃん」と呼ぶ。それにならって息子の政夫もいつの間にか「いっちゃん」になった。

「そうね。じゃ、サクでもらうわ」

買う気はなかったのだが、ここ数日毎日洋食が続いたので、鰹のたたきでご飯が食べたい気分だった。

「ねえ、おじさんも政さんも、たまにはうちの店に顔出してよ」

寿司屋の時代は、政吉は週に三日は店に顔を出して、寿司をつまみながらぬる燗《かん》を三合飲んでいった。しかしはじめ食堂を開店してからは、最初の週に二度食べに来てくれただけで、以後ぱったりと顔を見せない。

「どうもなあ、ああいうハイカラな店は勝手が違っちまってよ」

「あら、そんなことないわよ。昼間は普通の洋食屋だし」

一子は政夫の方を見た。

「政さんも、またお昼食べに来てちょうだいよ」

政夫は四、五回昼を食べに来てくれたのだが、最近はさっぱりだった。

「うん。ただ、どうもなあ……」

「不味《まず》い？」

「いや、美味いよ。さすがに高級な味だと思うよ。だけど……何て言ったら良いか、どうもしっくりこねえんだよな。飯食った気がしないって言うかさ」

政夫は困ったような顔で口をつぐんだ。

「亭主もあれこれ研究中なのよ。そのうちおじさんや政さんの口に合うような料理も出来るから、そのときはご贔屓にね」

一子は鰹の金を払い、別の店に足を向けた。

政さんはきっと、舌では分ってるんだわ。でも、それを言葉で説明できないのね。

味覚はデリケートで、それを言葉で表現する難しさは一子にも理解できた。

「ああ、腹減った！」

夕方家に帰ってきた高は、あっという間に用意しておいた鰹のたたきを平らげてしまった。

「ねえ、お母さん、おかず、もっとない？」

厨房の隅に顔を出して呼びかけた。

「しょうがないな。ちょっと待ってろ」

孝蔵は子供用に小さなハンバーグを焼き、皿に載せて「持ってってやれ」と一子に目で合図した。

「はい。お父さんのハンバーグ。特別よ」

ちゃぶ台に置くと、高は目を輝かせた。

「わーい！」

いきなりウスターソースをドボドボと掛け、ハンバーグにかぶりついてご飯をかき込んだ。

「もう、いきなりソース掛けるんだから。お父さんが見たらがっかり……」

言いかけて、一子はハッと息を呑《の》んだ。

もしかして、あたしもうちの人も大事なことを見落としていたのかもしれない……。

政夫は言った。美味いんだが、何だかご飯を食べたような気がしない、と。そうよ、ご飯なのよ。

一子は思い浮かんだことを頭の中で順番に並べ、組み立てた。

あたしたちの食事は「朝ご飯・昼ご飯・夕ご飯」なんだわ。ご飯とおかずで成り立っている。おかずでご飯を食べるのがあたしたちの「ご飯」なのよ。気取ったレストランで食べるのはあくまでも「食事」であって「ご飯」じゃない。帝都のレストランで出すような料理を出したら、ご飯を食べに来るお客さんは戸惑ってしまう。だから、お客さんの足が遠のいたのよ。

一子にははっきりと見えてきた。孝蔵が作っているのは「料理」で、「おかず」ではない、と。みんなで試食しても何処《どこ》が悪いか分らなかった。それも無理はない。あれは「料理」として味わっていたので、最初から「おかず」とは考えていなかった。ご飯と一緒に食べたときにどうか、それが大事だったのだ。

その夜、店を閉めて高を寝かしつけてから、一子は孝蔵の前に座った。

「孝さん、どうしてお客が来ないか、やっと分った。あんたの料理は塩気が足らなかったんだよ」

「何だと?」

一瞬孝蔵はきっとして一子を睨《にら》んだ。

「はっきり言うよ。孝さんは洋食屋の看板を上げておきながら、洋食を作ってない。フランス料理を作ってる。それじゃご飯のおかずにならないでしょう」

一子はひるまず孝蔵の目を見返した。

「あんた、洋食とフランス料理の違いって、何だか分る？」

「それは……」

孝蔵は答えようとして言い淀《よど》んだ。

「日本風にアレンジしているか、いないか、その違いだ」

「その日本風アレンジの要《かなめ》はなんだと思う？」

「……それは、材料とか、調理法とか、色々だよ。クロケットをジャガイモでコロッケにしたり、コートレットをトンカツにしたり」

「それを一言で説明すると、どうなる？」

孝蔵は腕組みして考え込んだが、答えは出てこなかった。

「つまりさ、ご飯に合うってことじゃないの？」

孝蔵は腕組みを解《ほど》き、目を見開いた。

「孝さんは料理を作った。確かに美味しいけど、それじゃご飯のおかずにはならない。テリーヌやムースがおかずにならないのとおんなじよ」

「だが、テーブルにはちゃんと塩とソースが置いてあるじゃないか」

「それはそれ、これはこれよ。あんただってせっかく作った料理をソースでビシャビシャにされたら、気分悪いでしょ？」

「そりゃ、まあ、そうだが……」

一子は膝《ひざ》を進めてちゃぶ台に身を乗り出した。

「ねえ、だめで元々、明日からやってみましょうよ。昼間だけで良い、もう少し塩加減をきつくしてみて」

孝蔵も感じるところがあったようで、黙って頷いた。


「政さん、だまされたと思って、今日、お昼食べに来てよ」

翌朝、一子は魚政に顔を出して政夫に言った。

「絶対、気に入ると思うから」

「それじゃ、いっちゃんの顔立てて、寄せてもらうよ」

政夫はトロ箱から鯵《あじ》を出して並べながら、気軽に返事をした。

その日の昼は珍しく客が立て込んでいた。一子が佃や月島を回って宣伝に努めたのだ。朝、石川島播磨重工に出勤する人たちにも声を掛けた。

「トンカツ！」

「カレーライス！」

「ハンバーグ！」

注文を告げる声が店内のあちこちで上がった。

「おまちどおさまでした！」

一子もひらりひらりとテーブルを回り、料理を運び続けた。

改めて「美味しい」と言葉にしなくても、お客たちの食べっぷりがすべてを物語っていた。昨日までとは明らかに「食いつき」が違った。

孝さん、やっぱりあんたはすごい。たいした料理人だよ。

忙しくテーブルと厨房を往復しながら、一子は胸にこみ上げる喜びに震えていた。

「こんちは」

一時を少し過ぎてから、魚政の父子が連れ立って店に現れた。

「俺、海老フライ定食」

政吉が注文すると、政夫が続けた。

「オムライス。コロッケ単品で」

「はい、毎度ありがとうございます！」

一子の声にも熱がこもった。

「いやあ、美味いなあ」

タルタルソースを付けて海老フライをほおばった政吉が、感じ入ったような声を上げた。

「やっぱり孝さんはただもんじゃないよな。ほんとに高級だわ、このオムライス。この卵のしっとり感が最高……」

「この親不孝モンが」

政夫は魚屋の倅《せがれ》だが、実は一番好きな食べ物は卵なのだ。

帰り際の二人の顔には満足感が溢《あふ》れていた。

「美味かったなあ。また来るよ」

「今度さあ、チキンライスの上にオムレツ載っけたの、作ってくんないかな？」

「お安いご用よ」

請け合いながら、これは絶対に美味しいだろうと一子は思った。もしかしたら普通のオムライスより良いかもしれない……。

「良いかね？」

二時を回る頃入ってきた客は、開店の夜に来てくれた四つ葉銀行頭取の勝田だった。

「まあ、いらっしゃいませ。どうぞ、お好きなお席へ」

他の客は引き上げた後で、店は勝田一人だった。

「すっかりご無沙汰《ぶさた》して悪かったね。どうにも忙しくて、時間が取れなくて」

一子が水とおしぼりを出すと、勝田はそう言ってカレーライスを注文した。

「お待たせいたしました」

カレーライスをテーブルに運ぶと、勝田は目を輝かせてスプーンをコップの水に浸《ひた》し、嬉しそうにウスターソースの瓶を取りあげて、くるりと一周カレーの上に垂らした。

「いやあ、僕はカレーが好物でねえ。岩手から上京して大学の学食で生まれて初めてカレーを食った時は、この世にこんな美味いモンがあるかと思ったよ」

啞然《あぜん》として言葉を失っている一子の前で、スプーンを口へ運びながら、勝田は先を続けた。

「そのとき周りにいた学生は、みんなカレーにウスターソースを掛けて食ってたから、僕も見よう見まねでね。焼き魚に醬油を掛けるように、カレーにはウスターソースを掛けるもんだとすり込まれたんだね。後で聞いたら、学食のカレーは不味いんで、ウスターソースを掛けて味をごまかしていたと言うんだ。大笑いだが、すっかり癖になってしまってねえ」

勝田はカレーを平らげるとコップの水を飲み干し、おしぼりで口の周りを拭った。

「いやあ、美味かった。帝都じゃこんな行儀の悪い真似は出来んからねえ。第一、ウスターソースがない。今日は非常に幸せだよ」

孝蔵が厨房から出て勝田に近づいた。もしかして腹を立てたのかと、一子は思わず緊張したが、事態は全く違っていた。

「勝田さん、本当にありがとうございました！」

孝蔵は勝田の前で深々と頭を下げた。

「はて……？」

「私は勝田さんのお陰で、やっと目が覚めました。この店の形が見えました」

「不思議なことを言うね」

勝田は孝蔵の真剣な表情に戸惑いながらも、真摯《しんし》に耳を傾けた。

「私は生まれ育ったこの佃の地で店を持ったにもかかわらず、気持ちはずっと銀座の帝都ホテルに置いたままでした。帝都の三分の一の値段で同じ料理を出せば、お客さんは喜んで押しかけるはずだ……そう信じていました。でも、それが大間違いの元でした」

孝蔵はちらりと一子に目を遣《や》った。

「女房に言われました。この店に来るお客さんはご飯を食べに来てるのに、あんたはフランス料理を作ってる。フランス料理じゃおかずにならない、それじゃご飯が進まないと」

勝田は笑みを浮かべて頷いた。

「なるほど。言い得て妙だ」

「メニューも、昼だけは洋食屋に衣替《ころもが》えしましたが、夜は帝都のメニューをそのまま載せていました。テリーヌ、ムース、コンフィ、テルミドール……。この値段でこの味なら、帝都のお客さんが来てくれる。そう信じていました。でも、そうじゃない。今、勝田さんがカレーを召し上がるところを見て、やっと分りました」

「いや、面目《めんぼく》ない」

勝田はやや恥ずかしそうに頭に手を遣ったが、孝蔵は首を振った。

「勝田さんが正しいんです。ここは町のざっかけない食堂です。帝都のように気取って食事をする場所とは違う。気取った料理を食べたいなら、はじめ食堂へ来る必要はなかったんです」

帝都ホテルの料理が三分の一の値段で食べられるのは一見得なようで、そうとばかりは言えない。帝都ホテルの料理の値段には料理代だけでなく、場所・雰囲気《ふんいき》・サービス・格式など、目に見えないものの値段が含まれている。お客はその目に見えない価値を含めた総合的な判断で帝都を選んでいるのであって、値段だけ安くても他が全部違っていたら、話は違ってくる。

「勝田さんが頻繁《ひんぱん》に帝都ホテルのレストランをご利用くださったのは、ほとんど接待に会食、いわば仕事がらみのお付き合いでした。そう考えれば、仕事に関係ない食事には帝都と全然違った店を選びたくなるのが人情です。私は今初めて、それに気が付きました」

勝田は孝蔵の話が終わると、内容を反芻《はんすう》するように目を閉じて、大きく息を吐いた。

「……そうかもしれない。私も深く考えたことはなかったが、君に言われて気付かされたよ」

勝田は孝蔵と一子の顔を等分に見て、にっこり微笑んだ。

「さすが、若くして帝都の副料理長まで上り詰めただけのことはある。たいしたもんだ、君も、奥さんも」

勝田は立ち上がった。

「また寄せてもらうよ。今度は女房も連れてこよう。洋食は緊張して肩が凝《こ》るって言うんだが、この店ならリラックスして美味しいものが食べられそうだ。女房は幼馴染《おさななじ》みでね。私と同じ田舎《いなか》者《もの》だよ」

勝田は軽く手を振って店を出て行った。

一子と孝蔵はその後ろ姿が横町を曲がって見えなくなるまで、店の前に立って見送った。


その日を境に孝蔵もはじめ食堂も変った。

まず夜のメニューを一新し、オードブルを残してメインの料理はご飯に合うものに替えた。味付けも全体に濃い目にした。シチュー類は、ご飯を選んだお客には皿に盛る直前に塩を足し、パンを選んだお客には以前と同じ味で提供するようにした。そして、注文を受けるとナイフとフォークの他に割り箸《ばし》を付けるようにした。昼のランチセットを始めたのもこの時だった。

努力が実って、はじめ食堂には客足が戻ってきた。美味しくて高級で、その割に安い食堂だという評判は、豊かになりつつあった庶民を引き付けた。

昼は周辺の会社のサラリーマンや石川島播磨重工に勤める人たちが「ハレの日のランチ」として、はじめ食堂を訪れるようになった。夜は近所の人や月島の町工場で働く人たちが「よそ行きのご飯」を食べに来てくれた。帝都ホテルの常連客からも、勝田のように「普段着のご飯」を楽しみに訪れる人が増え始めた。

常連客が増えるとそれぞれの好みも分ってくる。味付けは濃いめか薄めか、火の通し方はレアかミディアムかウェルダンか、顔を見ただけで分るようになった。

時間が許す限り、メニューにないリクエストにも応えるようにした。

「なあ、孝さん、晩酌《ばんしゃく》のお供になるようなモンを作ってくんねえか？」

ある夜、ふらりと店に現れた政吉が言った。

「寿司貞がなくなっちまってよ。毎晩寂しくていけねえや」

「困ったなあ。刺身《さしみ》じゃ、おじさんとこの魚に負けちまうし」

「別に洋風だってかまわねえよ。酒の肴《さかな》になればさ」

政吉は寿司屋の頃、貞蔵の作る肴で日本酒を飲むのを楽しみにしていたのだ。

「こんなの、どうだい？」

孝蔵はグリル用のカジキマグロを軽く炙《あぶ》り、スライスして醤油風味のドレッシングを掛け回し、カルパッチョにした。山葵《わさび》の代わりにホースラディッシュを添えた。西洋風のタタキといったところだろう。

「こりゃいける。酒が進むよ」

政吉は箸で一切れつまみ、相好を崩した。

「こっちはどうかな？」

次に出したのは鱈を酒蒸しにして生姜《しょうが》を効かせたソースを掛けた料理だった。ベースはコンソメスープで、ほんの少し片栗粉《かたくりこ》でとろみを付けてある。まことにあっさりした味わいだ。

「美味いねえ。洋食って感じがしねえよ。和食とも違う。孝さん独自の料理だな、これは」

政吉は大喜びで、それからは週に二度は顔を出してくれるようになった。その度《たび》にあれこれ注文を付けてメニューにない料理を作らせるのだが、孝蔵は少しも嫌がらなかった。

「おじさんの食べたがる料理は、つまり佃に住んでる年寄りの好む洋食ってことだ。俺も勉強になる」

こうして「醤油風味のカルパッチョ」と息子の政夫がリクエストした「オムレツの載ったチキンライス」は、はじめ食堂の人気メニューになってしまった。

そして山手父子は二人そろって夜の常連客となり、永きに亙《わた》ってはじめ食堂を支えてくれたのである。


「……あの、良いですか？」

その年の暮れも押し詰まった頃だった。八時半を過ぎて客も一人二人と席を立ち、残り二組となっていた。今夜はこれで看板かと思っていたところに新しい客が現れた。

「いらっしゃいませ。どうぞ、空いているお席へ」

客はまだ少年と言って良い年頃だった。くたびれたジャンパーに膝の出たズボン、手編みらしいマフラーと手袋。水とおしぼりを運びながら、一子は十五歳以上十八歳以下と見当を付けた。

少年は食い入るようにメニューを見つめている。限られた手持ちのお金の中で、何を注文したら一番お得で美味しくて満足できるか、必死に考えている顔だった。

しかしメニューをひろげたら目移りしてしまい、決められずにいるうちに五分、十分と経ってしまったようだ。本人も焦っているらしく、額にうっすら汗がにじんだ。

見かねて一子は少年に近づき、優しく声を掛けた。

「お客様、失礼ですが、ご予算はいかほどでしょう？」

少年はメニューから顔を上げ、どぎまぎした様子で一子の顔を見た。

「もしよろしかったら、ご予算の範囲内でお勧めのメニューをいくつか紹介させていただきます。それから注文をお決めになっては如何《いかが》でしょう？」

「……お願いします」

少年は明らかにほっとした顔で答えた。言葉にかすかな東北なまりが感じられた。

「五千円、持ってます」

「まあ、それは大金ですね。うちではその半分でも食べきれないほどの料理が食べられますよ」

一子は少年の後ろからメニューを覗き込んだ。

「もしお肉がお好きなら、ビフテキかビーフシチューは如何ですか？　セットでご注文になれば、ご飯かパンとスープ、サラダが付きます」

「ビフテキ！　セットで！」

少年は鼻の穴を膨《ふく》らませて声を張った。この時代、ビフテキというのはご馳走《ちそう》の代名詞であり、レストランでビフテキを注文するというのはそれなりの覚悟が必要だった。まして二十歳にもならない少年ならなおのことだ。

「デザートは……うちはアイスクリームくらいしかないですけど」

「それでいいです。バニラとチョコとストロベリーの三色」

アイスクリームは業務用を買ったものだ。日曜の夜は家族連れが多いので、子供向けに揃えた。

「あの、料理、もう少し何か食べたいんですけど」

「……そうですねえ」

一子は再びメニューを覗き込んだ。

「テリーヌは如何ですか?」

「テリーヌって?」

「ええと、ハンペンみたいなものでしょうか。白身のお魚をすり身にして、生クリームと混ぜて蒸し焼きにした料理です。西洋ではお肉料理の前に景気付けに食べたりするんですよ」

一子はおそらく生まれて初めて一人で洋食屋に入ったであろう少年にも分るように、言葉を選んで説明した。

「じゃ、それください」

「かしこまりました」

一子はテーブルを離れ、厨房に注文を通した。

少年は椅子の中でずっと身を固くして座っていた。

「お待たせいたしました」

一子はまず前菜のテリーヌを運んだ。ナイフとフォークの他に割り箸とスプーンも付けた。

「これはスプーンが食べやすいですよ」

少年は素直にスプーンを手に取り、テリーヌを口に運んだ。その顔に驚きと喜びが広がっていくのを、一子もまた素直に喜んだ。

「う、美味い。こんなの食べたことない」

「ありがとうございます。コックが喜びます」

少年が夢中になってテリーヌを食べ終えた時、ステーキが完成した。初めてビフテキを食べるであろう少年のために、あえて焼き方をウェルダンに指定したサーロインは、鉄板の上でまだジュウジュウ音を立て、肉の上の香草バターは溶け出している。目でも音でも香りでも、最高に美味しそうだ。

少年はナイフとフォークを手に、それこそ目の色を変えてステーキにかぶりついた。それからはものも言わずにご飯と肉を平らげてゆく。時々スープとサラダでクールダウンし、また肉に挑む。ご飯の皿はたちまち空になった。

「ご飯とスープは、何杯でもおかわり自由ですよ」

「じゃ、ご飯もういっぱい！　大盛りで！」

一子はにっこり笑って皿を受け取った。

少年は二百五十グラムのステーキとご飯二杯をきれいに平らげ、最後に三色アイスクリームを食べると、ほっとため息をついた。

「ごちそうさまでした」

「ありがとうございます」

一子がテーブルに勘定書き《かんじょう》を置くと、少年は数字に目を落としてごくんと唾《つば》をのみ、いきなり椅子から立ち上がって最敬礼した。

「ごめんなさい！　ほんとはお金、持ってないんです」

「まあ」

一子は二の句が継げず、少年の顔をまじまじと眺めた。企んで無銭飲食をする手合いには見えないのだが。

「この野郎、最初からそのつもりで来やがったな」

「奥さん、警察につきだしてやりましょうよ」

厨房から英次と真也が飛び出してきた。

少年は肩を落とし、黙ってうなだれている。

「この食い逃げ野郎」

英次が少年の胸ぐらをつかもうとするのを、一子は間に入って制した。

「英次君、逃げてないから食い逃げじゃないわよ」

一子は最後にやってきた孝蔵を見た。

「お前らは良いから、厨房を片付けろ」

英次と真也を追い立てると、少年に椅子に座るように言い、自分も向かいの席に腰を下ろした。

「すみません」

少年は蚊《か》の鳴くような声で再び謝った。

「最初からお金は持っていませんでした。警察を呼んでください」

「どうしてこんなことをしたんだ？」

孝蔵は穏やかな声で尋ねたが、少年は唇を硬く引き結んで答えようとしない。

「兄ちゃん、俺は料理人だ。お客さんには俺の作った料理を食べて、幸せな気持ちで店を出て欲しいと思ってる。俺の料理を食べた後に警察に引っ張られたんじゃ、こっちも寝覚《ねざ》めが悪いんだよ」

少年は膝の上で両手をぎゅっと握りしめていた。その手が握っているのはマフラーと同じ毛糸で編んである手袋だった。

「その手袋は、お母さんが編んでくれたの？」

少年が息を吸い込むのが分った。まぶたには涙の粒が盛り上がった。

「ねえ、どうしてこんなことをしたのか、わけを教えて。何かわけがなければ、こんなことはしなかったはずよ。どうしたの？」

少年はまだ頑《かたく》なに口を開こうとしなかった。

「悪い先輩に脅かされたの？　あそこの店で金を払わずに食べて来いって？」

「……違います」

「じゃあ、どんなわけ？」

少年の頬《ほお》に涙の粒がぽろぽろとこぼれた。

「会社が、つぶれたんです。社長と奥さんは夜逃げして……朝になったら誰もいなくなってました」

一子と孝蔵は思わず顔を見合わせた。

「青森から集団就職で、三年前に東京に来ました。朝から晩まで毎日社長に怒鳴られて働きました」

少年の名は西亮介《にしりょうすけ》。もうすぐ十八歳になる。就職先は月島の小さな板金《ばんきん》工場で、社長の他に従業員は二人だけ。一人の工員は通いだったが亮介は住み込みだった。「ただで住まわせてやっている」という理由で、日曜日まで働かされたという。

そういうことの出来る人間だから当然かもしれないが、社長夫婦は吝嗇《りんしょく》で、日曜日になると自分たちは色々な店で外食したが、亮介のご飯は常に一汁一菜だった。

詳しい事情は知らないが、昨日、工場は不渡りを出して倒産した。亮介がその事実を知ったのは、もぬけの殻になった家で目を覚ました時だった。社長夫婦は姿を消し、めぼしい家財道具、それに亮介のなけなしの貯金通帳まで持ち去られていた。もちろん、その月の給料はまだ支払われていなかった。

「三年間、毎日辛抱《しんぼう》して必死に働いたのに、こんなことって……」

亮介は涙で声を詰まらせた。怒り・哀《かな》しみ・悔《くや》しさ・心細さ・虚脱感……そんな感情が一気に押し寄せてきたかのようだ。

頼る人のいない東京でいきなり一文無しになって、亮介はすっかり自棄《やけ》になった。このままでは正月に故郷に帰ることも出来ない。帰っても母親に合わせる顔がない。まともに働いても報《むく》われないなら、いっそヤクザにでもなってやれと思った。

「この前の日曜日、社長と奥さんがこの店でご飯食べて、どんなに美味しかったか、色々話してました。それが頭に残っていて、どうせなら一度、腹一杯美味いもの食ってやれって思ったんです。それで警察に捕まったら、箔《はく》が付くって……」

孝蔵は苦笑した。

「食い逃げでパクられたって、箔なんか付かねえよ」

孝蔵は立ち上がると、レジ台に行き、中からその日の売り上げの札をつかみ出した。

「兄ちゃん、これで、ひとまず故郷《くに》へ帰《け》えんな」

孝蔵が札をテーブルに置くと、亮介は驚いて目をぱちくりさせた。

「で、でも、こんなものいただくわけには……」

「誰がやると言った？」

孝蔵はもう一度亮介の前に座り直した。

「貸してやるんだ。後できっちり返してもらう。利子を付けてな」

亮介は神妙な顔で目の前に置かれた札を見ている。

「故郷へ帰ったら、ご両親に隠さず事情を説明するんだ。一文無しになったのは話しづらいかもしれないが、悪いのは社長で、兄ちゃんじゃない。話せばご両親は分ってくれるさ」

亮介は小さく頷いた。

「そして年が明けたら、東京へ戻ってきて、この店で働け」

亮介はハッと顔を上げ、一子も驚いて孝蔵を見た。

「働いて、毎月の給料の中から、今日貸した金と、今日食った料理の代金、それに利子も含めてきちんと返済するんだ。分ったな？」

「はい……」

亮介は耐えかねたように両手で顔を覆《おお》い、声を上げて泣き崩れた。それを見ていた一子まで涙が溢《あふ》れてきて、洟《はな》をすすった。

「気をつけて帰るのよ。道中、大丈夫ね？」

「本当に、何から何まで、ありがとうございました。ご恩は一生忘れません」

店を出てから、亮介はもう一度深々と頭を下げた。

「年が明けたら、必ずはじめ食堂へ来いよ。待ってるからな」

「はい。絶対に伺《うかが》います」

亮介は角を曲がるまでの間、何度も後ろを振り返り、店の前に立つ一子と孝蔵に大きく手を振った。

「親方、あいつ、本当に来年来ますかね？」

「泥棒に追銭ってことになるかもしれませんよ」

帰り支度を終えた英次と真也は、疑わしそうに言った。

「もしそうなったとしても、仕方ないさ」

孝蔵はさばさばした口調で答えた。

「作り話が出来るほど気の回る小僧じゃないから、言ったことはたぶん本当だ。田舎から東京へ出てきた子供をこき使って、有り金持ち逃げするなんざ、人間のクズだ。あの子の東京の思い出が『人間のクズばかり』になるのは悲しいんだ。はじめ食堂が故郷への良い土産話《みやげばなし》になってくれたら、俺はそれで御《おん》の字《じ》さ」

孝蔵の話を受けて、一子も明るい声で言った。

「ま、そういうわけだから、英次君も真也君も、お疲れ様。今年も残りわずかだから、風邪《かぜ》引かないように、頑張《がんば》ろうね！」

「はい！　お疲れ様でした！」

英次と真也も声を揃え、帰って行った。

店に戻ると、一子は孝蔵の背中に抱きついた。

「孝さん、大好き！」


翌日は寒い日だった。

この時代の東京の冬はおおむね今より寒かった。気温が氷点下になることも珍しくなかったし、水たまりには氷が張り、道には霜が降りたものだ。はじめ食堂を訪れるお客たちの服装も、黒っぽく、厚ぼったくなっていた。

「いやあ、寒い、寒い」

その日は二十八日の仕事納めで、ランチタイムはいつにも増して盛況《せいきょう》だった。

「これでもう、本年のはじめ食堂のランチともお別れだな」

「どうぞまた来年もご贔屓に」

一子は手早く注文を取り、厨房から次々に出来上がる料理をテーブルへ運んだ。

「最後だから豪勢《ごうせい》にいくか。ビフテキ！」

「はい、ありがとうございます！」

一子はふと西亮介のことを考えた。あれから上野駅で夜汽車に乗り、青森へ帰ると言っていた。もう無事に家に着いただろうか？

レジ台に立ってサラリーマン二人組の勘定書きを受け取ったその時だった。奥のテーブルに座っている客が海老のように身体を丸めてテーブルに突っ伏し、その拍子に皿が床に落ちた。

突然のことで、何が起こったのか分らなかった。しかし次の瞬間、その客はずるずると椅子を滑り落ちて床に倒れ込んだ。周囲の客も何事かと腰を浮かせた。

「どいて！」

ピシッと鞭《むち》を鳴らすように声が飛んだ。

あの、いつも一人でランチを食べに来る女性客が、倒れた客のそばに走り寄り、膝をついてその脇《わき》に屈《かが》んだ。倒れている客はごま塩頭の中年男性で、やや小太りの体型だった。

女性は倒れた客の顔を一瞥《いちべつ》すると「救急車！」と叫んだ。次に素早くネクタイを緩めてワイシャツの襟《えり》をはだけると、少しのためらいもなくタイトスカートを膝上までたくし上げ、男性に馬乗りになった。そして胸に両手を当てると、体重を掛けて押した。素人《しろうと》の一子にも、心臓マッサージだと見当が付いた。

「お客様、何か手伝えることはありませんか？」

電話を終えると、一子は女性に向かって呼びかけた。

「毛布ください！　この人の身体を冷やさないように！」

女性は心臓マッサージを続けながら叫んだ。見ているだけで、非常に場慣れした頼もしさが感じられた。

一子は二階から毛布を持ってきて、倒れた男性の身体を覆った。

それからまもなく、表に救急車のサイレンの音が響いた。

「こっち、こっち！」

常連客が外に飛び出して、救急車に手を振った。すぐに担架《たんか》を抱えて救急隊員が店に駆けつけた。

「心筋梗塞よ！　ＩＣＵに連絡して！」

女性客は救急隊員を振り返り、当然のように指示を出した。

「分りました！」

救急隊員は男性を担架に載せて持ち上げた。

「私も同行します。すみません、お勘定は後で払います！」

女性は店の出口で振り返り、そう言い置いて隊員と共に救急車に乗り込んだ。

「あの方、お医者さんかしら？」

一子は誰にともなく問いかけたが、みな予想外の展開に呆気《あっけ》に取られ、まともな答えが返ってくるはずもなかった。

その日の夜、そろそろ店終《みせじま》いしようかという時間になって、あの女性客がはじめ食堂を訪れた。

開口一番、心筋梗塞の発作で倒れた男性客は一命を取り留めた、と告げた。

「お客様、大変なご活躍でしたね。本当にありがとうございました」

「いいえ。こちらこそ代金も払わないで失礼しました」

女性がバッグからがま口を取り出そうとするのを、一子は押しとどめた。

「お客様の命を救っていただいたんですから、せめてものお礼の気持ちに」

「あら、だって、お店の利益とは関係ないことですもの」

孝蔵が厨房から出てきて頭を下げた。

「そんなことはありません。うちの店だって大事なお客さんをなくさずにすみました。ありがたいことです」

女性はいくらか恥ずかしげに目を瞬《しばたた》いた。

「あのう、失礼ですけど、お客様はお医者さんでいらっしゃるんですか？」

「これは失礼しました。佐伯直《さえきすなお》といいます。明石町の聖路《せいろ》加《か》病院の心臓外科にいます」

「ああ、それで……」

一子は心臓マッサージを施していた直の堂に入った姿を思い出した。

「先生、ぶしつけなことを伺ってよろしいですか？」

一子は好奇心を抑《おさ》えることが出来なかった。

「たまにお昼にビフテキを召し上がるのは、何か理由がおありなんですか？」

「ああ、あれ」

直はクスッと笑みを漏らした。

「難しい手術の予定がある時は、ビフテキを食べて力を付けるの。一種の験担《ゲン》ぎみたいなもんね」

「ああ、なるほど」

「でも今日の手術は緊急だったから、ビフテキ食べられなくて参ったわ。疲れちゃった」

一子と孝蔵は素早く目を見交わした。二人とも思うことは同じだった。

「先生、手術の成功を祝って、店からビフテキをサービスしますよ。召し上がっていってください」

「あらあ、悪いわ」

直は少しばかり戸惑ったが、すぐにきっぱりと言って微笑んだ。

「でも、せっかくだからご馳走になるわ。このままお宅の料理を食べないで帰ったら、年が越せないもの」

第二話

ウルトラのもんじゃ

高《たかし》は母の一子《いちこ》にもらった三十円を握りしめ、近所の駄菓子屋《だがしや》へと走っていた。三十円で一番高い卵入りの特上もんじゃを食べるか、もんじゃは二十円の並にしてラムネを買おうか、まだ迷っている。もし並にするならサキイカ、紅ショウガ、キャベツ、揚げ玉のどれにしようかな?

「あ、タカシ」

店先にはすでに子供たちが五、六人群《むら》がっていて、もんじゃの鉄板の前に座っている二人は同級生だった。高も早速二人と並んで座った。

「なに、頼んだ?」

「キャベツ」

「俺、サキイカ」

「おばさん、僕、紅ショウガ!」

二人とも近所に住んでいて、高とはうんと小さい頃《ころ》からの遊び仲間だ。佃《つくだ》の子供はほとんど全員区立佃小学校へ入学するから、学校でも一緒になる。

昭和四十一（一九六六）年一月八日。

今日は土曜日で、学校は始業式だった。いつもより早く家に帰った子供たちは、早速《さっそく》小遣《こづか》いをもらって表に飛び出した。

「明日の『ウルトラQ』、キングコングだろ?」

「違うよ。薬で巨大化した猿だって」

「おんなじじゃん」

話題を独占しているのは一月二日から放送の始まった怪奇ドラマ「ウルトラQ」だ。年末から宣伝が行き届いて噂《うわさ》になっていたが、第一回から怪獣が二匹も出てきたので、子供たちのハートはすっかり鷲摑《わしづか》みにされてしまった。映画館に行かないと観《み》られなかった怪獣が、毎週茶の間で観られるのだから。

高は年末年始は両親と一緒に祖父母のいる館山《たてやま》で過ごした。夏しか行ったことのない海辺の町を冬に歩くのは不思議な気持ちだった。そして、祖父も思いのほか元気そうだった。車椅子《くるまいす》の生活だが、退院してから佃の家で暮らしていたときの苛立《いらだ》ちや嘆きは消えていて、子供心にホッとした。何より、館山でも「ウルトラQ」が観られることに安堵《あんど》したのだった。

「古代怪獣ゴメスと原始怪鳥リトラ、どっちが良い?」

「ゴメス!」

「リトラ!」

新怪獣の品定めで話は尽《つ》きない。もんじゃを食べ終わった三人は、裏の空き地で怪獣ごっこをして遊ぶことにした。

一時過ぎに、高は家に戻った。

普通の家ではお昼ご飯は十二時だが、高の家は食堂で昼時は忙しいので、昼ご飯は一時過ぎになる。両親と従業員たちが賄《まかな》いを食べるのはそれより遅く、二時に近い。

「ただいま！」

裏口から入って厨房《ちゅうぼう》に声を掛けると、母がホールから顔を覗《のぞ》かせた。

「お帰り。お昼、カレーよ」

「うん」

厨房の外で待っていると、最年少の従業員西亮介《にしりょうすけ》が盆にカレーの皿と水の入ったコップを載せて渡してくれた。

「福神漬けとラッキョウ、たっぷり」

「サンキュー。亮ちゃん、休み時間に怪獣ごっこしようよ」

「うん」

高はトントンと階段を上がって茶の間の炬燵《こたつ》に足を突っ込んだ。

亮介は今年の正月明けに入った新しい従業員で、青森県から上京してきた。東京に住居がないので、取りあえず住み込みで働くことになり、祖父母の使っていた六畳が空いていたので、そのまま使っている。中学卒業と同時に集団就職で上京し、はじめ食堂で働く前は月島の工場に三年ほど勤めていたのだが、口べたのせいかまだ言葉に東北なまりが取れない。

初対面からたったの五日で、高は亮介がすっかり気に入ってしまった。年齢こそすでに十八歳だが、見た目はまだ中学生のようで、ちっとも大人っぽくない。休み時間にはキャッチボールでも相撲《すもう》でも、頼めば気軽に遊んでくれる。一人っ子の高は急に兄弟が出来たような気がしたものだ。

亮介は釘抜《くぎぬ》きを差し込んで、木箱の蓋《ふた》の釘を引き抜いた。今さっき、郵便小包で亮介宛《あて》に届いた。

「まあ、美味《おい》しそう！」

一子は思わず声を上げた。おが屑《くず》の中から顔を覗かせているのはつやつやとした紅玉《こうぎょく》だった。

「お世話になった皆さんに食べてもらえって、お袋が……」

亮介の家は青森県のリンゴ農家だという。

「私、紅玉が大好き」

「僕も！」

高は果物の中でリンゴが一番好きだった。本当はすり下ろして絞《しぼ》ったジュースが大好物なのだが、風邪《かぜ》を引いた時でないと作ってもらえないので、ちょっぴり不満に思っている。

「喜んでもらって嬉《うれ》しいです。今はバナナやイチゴが人気だから」

どちらもかつては庶民には手の届かない高級品だったが、バナナは三年前に輸入が自由化され、イチゴはビニール栽培が普及して市場に出回り、人気を集めていた。

「あら、何と言っても果物の王様はリンゴとミカンよ」

一子はリンゴを十個取り出して、五個ずつ新聞紙にくるんだ。従業員の松方英次《まつかたえいじ》と日室真也《ひむろしんや》の分だ。

「明日二人が出勤したら、亮介君からって、渡しますからね」

今日は月曜日で、はじめ食堂は定休日だった。

「本当にありがとう。お母さんにお礼の手紙を書くわ」

「いいえ、お世話になってるのはこっちですから」

亮介は嬉しそうに言って、自分の部屋へ引き上げた。

「日曜のデザートに焼きリンゴをやってみようかな。アイスクリームを添えて出したら、子供が喜びそうだ」

瑞々《みずみず》しいリンゴを嚙《か》んで、孝蔵《こうぞう》はふと閃《ひらめ》いた。日曜日のお客は家族連れが多いのだ。

「良いわね。女の人も喜ぶわ。熱いリンゴと冷たいアイスクリームなんて、とってもお洒落《しゃれ》よ」

「僕の分も！」

「お父さんにおやつに作ってもらいましょう。亮介君の分も。良いでしょ？」

孝蔵は笑って頷《うなず》いた。

「本当はお母さんが一番食べたいんだろう?」

「当たり」

一子はにっこり笑ってリンゴの最後の一切れを口に運んだ。


「奥さん、おみおつけの実は大根の千六本で良いですか?」

「ええ。ありがとう」

亮介は毎朝、米をとぐ一子に味噌汁《みそしる》の具を尋《たず》ねる。一家《にのまえ》にやってきて以来、朝は一番に起きて、一子が朝食の支度をするのを手伝っている。それだけではなく、一子が担当する開店前の店の清掃も買って出た。

「やらせてください。前の家じゃ、ただ飯食わせてるんだからって、休みの日でも掃除《そうじ》と洗濯をさせられてたんです」

「うちじゃあなたは女中さんじゃなくて、料理人の見習いとして来てもらったんだから、そんなことしなくて良いのよ」

初めて同じ屋根の下に泊まった翌朝、亮介は思い詰めた顔で言ったものだ。

「これも勉強です。俺、料理学校出てないから、きっと店じゃ全然使い物にならないです。だから、出来ることから始めたいんです」

親に言い含められてきたのかもしれないが、一子は感心した。

二人の先輩、英次と真也は料理学校を卒業してから他の料理店での実務経験もあり、めきめき腕を上げているが、亮介は板金工場《ばんきん》で働いていた、ずぶの素人《しろうと》なのだ。ゼロから始めて一人前の料理人になるのは、並大抵《なみたいてい》のことではない。

亮介はその覚悟を決めていた。しばらく働きぶりを見ていれば明らかだった。料理の名前、調理器具の名前、道具の置き場所、教えられたことはその日のうちに何度も反復して覚え、次の日までに完全に記憶した。輪切り、千切り、賽《さい》の目《め》切り、面取《めんと》りなど野菜の切り方も、自分では出来なくても、それがどういう切り方かはきちんと把握《はあく》した。そして、休み時間には自費で買った野菜を使って、皮剝《かわむ》きと切り方の練習をした。

地道な努力でも一ヶ月、二ヶ月と続けていけば結果は現れる。それほど手先が器用な方ではなかったようだが、キュウリの薄切りもキャベツの千切りも、見違えるほど上手《うま》くなった。

「あらあ、今日の大根、すごく綺麗《きれい》ね。太さが揃《そろ》ってる」

一子が箸《はし》で大根をつまんで少し大袈裟《おおげさ》に褒《ほ》めると、亮介は嬉しそうに「ありがとうございます」と頭を下げた。

「そろそろ亮介にも、どこか部屋を借りてやらないとな」

朝食後のひととき、一子と差し向かいでお茶を飲みながら孝蔵が呟《つぶや》いた。

「あら、あたしはかまわないわよ」

「いや、亮介のためだ」

孝蔵はちらりと階段に目を遣《や》った。亮介はすでに階下の食堂の掃除を始めていた。

「ここで一緒に暮らしていたら、一日二十四時間、一年三百六十五日、仕事と縁が切れない。最初は良いが、長く続けたら油が切れる。そうなる前に、少しゆっくりさせてやらないと」

「……そうね。気がつかなかったわ」

一子は夫に尊敬の眼差《まなざ》しを向けた。

「でも、あたし、亮介君は見込みあると思うわ。まじめで熱心だもの。孝さんもそう思うでしょ？」

「俺は料理に限らず、一人前の職人になるって言うのは、豆腐屋へ豆腐を買いに行くようなもんだと思ってる」

「……お豆腐？」

「ああ。豆腐買うのに五百円札や千円札は要《い》らない。かえって迷惑なこともある。十円玉二つ三つ握ってりゃ、それで十分だ。ところが簡単なようでいて、これがなかなか難しいのさ」

「どうして？」

「途中で遊びに夢中になって落っことしたり、もんじゃを喰《く》っちまったり、つい新しいメンコを買っちまったり……豆腐屋に着いたときは金が無くなってる。俺はそういう連中を何人も見てきた」

孝蔵はしみじみと言った。

「亮介が道草食ったり無駄遣《むだづか》いしたりしないで、最後まで小銭を落っことさずに豆腐屋へ行き着けるかどうか、全《すべ》て本人の心掛け次第だ。俺たちには見守ることしか出来ない」

一子は黙って頷き、孝蔵の膝《ひざ》に手を置いた。


「今年は当たり年みたいだから、本当は飛行機に乗りたくないのよ」

来週学会でアメリカへ行くという佐伯直《さえきすなお》が、ビフテキにナイフを入れながら憂鬱《ゆううつ》そうに眉《まゆ》をひそめた。聖路加病院に勤務する心臓外科医で、難しい手術の前ははじめ食堂でビーフステーキを食べるのを縁起《えんぎ》担《かつ》ぎにしている、ありがたいお客さんだ。

「アメリカへ行けるなんてうらやましい話なのに、それじゃご心配ですねえ。帰りに住吉《すみよし》神社に寄って、お祓《はら》いしてもらったら如何《いかが》ですか？」

「そうしようかしら」

一子の提案に、直は肉を頬張《ほおば》って頷いた。

二月四日に全日空機が羽田空港沖に墜落《ついらく》したばかりだというのに、ちょうど一ヶ月後の三月四日にカナダ太平洋航空の旅客機が着陸に失敗して炎上、翌日には英国海外航空の旅客機が富士山付近の上空で乱気流に巻き込まれて空中分解した。全日空と英国海外航空の事故では、百人以上の乗員乗客全員が死亡している。

「おまけに国鉄の運賃は大幅に上がるし、春闘で電車は動かないし、弱り目に祟《たた》り目だわ」

「先生、こうなったらうんと美味しいものを召し上がって、精を付けてくださいな」

「ええ。そうするわ」

「でも、女の人が精を付けるって、変でない？」

横から茶々を入れたのは魚政の二代目、山手政夫だ。今日のランチも大好きな特製オムライス……チキンライスのオムレツ載せを食べている。政夫のお陰で、今やはじめ食堂の名物の一つだ。

「あら、変じゃないわよ。先生は大変なお仕事をなさってるんだから」

一子は政夫のコップに水を足して言った。

「そう言えば、おじさんの風邪はどう？」

「うん。もう熱も下がったし、元気になった。医者は一週間は安静にしろって言うんだけど、親《おや》父《じ》が寝てばっかで退屈しちゃってさ。今日も店に出るって聞かねえの」

「そうよねえ。魚政の看板だもの」

「ま、明日辺りからぼつぼつ……。二、三日したら、夜、食べに行くよ」

「ほんと？　じゃ、快気祝いに亭主が腕を振るわせてもらいますって、おじさんに伝えといて」

こうして戦後最大の公共交通機関ストが行われた四月二十六日も、はじめ食堂のランチタイムはいつもと同じく慌《あわ》ただしく過ぎていった。

三日後の二十九日は天皇誕生日で、黄金週間の始まりだった。会社や工場は休みになるので、はじめ食堂もランチタイムは休業し、夕方から店を開けることにした。家族連れで賑《にぎ》わう日曜祭日は、下町の食堂のかき入れ時なのだ。

「いらっしゃい！　おじさん、全快おめでとう」

口開けの客は魚政の山手政吉・政夫親子だった。二人とも日《ひ》の出湯《でゆ》で一風呂《ひとふろ》浴びてきたらしく、てかてかした顔をしていた。

「いやあ、ひでえ目に遭《あ》った。何しろ十日もおかゆばっかり喰わされて、腹に力が入りゃしねえよ」

二人はカウンターに座り、政夫はビール、政吉は燗酒《かんざけ》を注文した。

「まあ、まずは試運転ってことで、消化の良いもんからどうぞ」

孝蔵は豆腐のステーキ、ほうれん草のココット、白身魚の酒蒸しをカウンターに並べた。政吉は孝蔵の作る醤油《しょうゆ》風味のカルパッチョが好物なのだが、病み上がりを考慮して敢《あ》えて生ものは避けた。

「こりゃあ、何だい？」

政吉はココットの容器を不思議そうに眺めた。

「西洋風の茶碗蒸《ちゃわんむ》しってとこかな。日本酒にも合うよ」

半信半疑という顔でスプーンを口に運んだ政吉は、口元をほころばせた。

「うん、いける」

「だから親父、孝さんに任せときゃ間違いないって」

政夫も嬉しそうにココットを口へ運んだ。

政吉はいつも三合飲んでいた酒を二合で止《や》め、楽しそうに食事を終えた。そしてレジの前で思い出したように言った。

「そういや、坊やは四月から進級だったね」

「はい。三年生になりました」

「じゃ、これ。進級祝い」

政吉はがま口から取り出した千円札を鼻紙に包み、一子に手渡した。

「まあ、おじさん、悪いわ」

「遠慮するほど沢山は入っちゃいないよ」

恐縮する一子に軽く手を振り、政吉は息子と店を出て行った。

その夜、店を仕舞って茶の間で孝蔵と差し向かいになったとき、一子は洋服ダンスに目を遣《や》って言った。

「ねえ、やっぱり背広の方が良いんじゃない？」

「別にそれほどかしこまることもないんじゃないか？　見合いに行くわけでもなし」

「う〜ん。でも、一応学校だしねえ」

二人が相談しているのは、五月三日に佃小学校で行われる父親参観日の服装のことだ。平日は仕事でふさがっている父親に学校へ来てもらうため、祭日の午前中に授業参観が予定されていた。

それなら孝蔵も参加が可能になる。

「他のお父さんがどんな格好で来るか分れば良いんだけど」

一子は再び背広が良いかポロシャツと上着が良いか、あれこれ考えては頭を悩ませた。

高は父親参観をとても楽しみにしていた。去年は食堂を開店した忙しさで、一子は母親参観日を欠席せざるを得なかった。日曜日に行われた運動会に行くことも出来ず、実家の両親に頼んで応援に行ってもらった。両親と祖父母が揃って応援に駆けつけた同級生も少なからずいたので、高はきっと寂しかっただろう。

「今年の運動会は、一緒に応援に行ってやりましょうよ。お昼だけ店を閉めて」

「そうだな」

いままでは店も軌道《きどう》に乗ったので、一日くらい臨時休業してもお客が離れることはない。

「去年から店のことでは寂しい思いをさせたから、その分、埋め合わせしてやりましょうね」

「亮介が家を出たから、余計寂しいのかもしれないな」

三月に亮介は近所のアパートに引っ越した。便所と流し場が共同の、三畳一間の安アパートだが、生まれて初めて自分の城を持った亮介は嬉しそうだった。

「仕方ないわよ。亮介君だって子守に時間取られて、料理の修業に差し支えたら困るもの」

そうは言いながらも、毎朝一緒にご飯の支度をしたり、掃除を手伝ってくれたりした亮介が家からいなくなって、一子もちょっぴり寂しかった。

「孝さん、急な話で悪いが頼まれてくれないか？　他の店も当たってみたんだが、間の悪いことにゴールデンウィークの真ん中だろう？　休みか先約が入っているかで、どうにもならないんだ」

拝まんばかりに平身低頭しているのは、同じ佃大通りに店を構える酒屋の主人、辰波銀平《たつなみぎんぺい》だった。はじめ食堂では銀平の店から酒類とジュース、コーラなどを仕入れている。

今日は五月一日の日曜日。昼間は閉めて夜だけの営業だが、銀平は午前中に思い詰めた顔で訪ねてきて、明後日の三日、店で午餐会《ごさんかい》を開きたいと言ったのだ。

「俺の尋常の同級生が一家でブラジルに移民して、三十年ぶりに里帰りしたんだ」

尋常とは尋常小学校のことで、銀平は大正十四年生まれの四十一歳、三児の父だ。

「空襲で散りぢりになったから、同級生ともなかなか連絡が付かなくてさ。やっと昨日になってハチが……そいつ、前川八郎《まえかわはちろう》って言うんだ。ハチが帰ってきたって分って、同級生で集まろうってことになったんだ。ハチは、俺の一番の親友だったんだ」

銀平の家は元々隅田《すみだ》川に近い本所《ほんじょ》にあったのだが、東京大空襲で焼け出され、戦争後に佃に移ってきたのだった。

「ハチは四日にブラジルに帰国するんだ。だから、どうしてもその前に、みんなに会わせてやりたい。もしかしたら、ハチと会えるのはこれが最後になるかも知れないんで……」

銀平は声を詰まらせ、涙で潤んだ目を瞬《しばた》いた。

一子はちらりと孝蔵の横顔を見た。三日は高の父親参観日だ。しかし、涙ながらに訴える銀平を前にしては……。

「分りました。準備不足で行き届かないかもしれませんが、精一杯努めさせていただきます」

思った通り、孝蔵はいささかも躊躇《ちゅうちょ》することなく、きっぱりと答えた。

「ああ、助かった！　恩に着るよ、孝さん」

銀平は肩の荷を下ろしてホッとしたのか、来たときとは別人のように嬉しそうな顔で帰って行った。

「……高には悪いが」

「孝さん、これでいいのよ。人助けじゃないの」

一子も明るい声で、きっぱりと答えた。

「そういうわけだから、タカちゃん、ごめんね」

昼食の席で一子が事情を話すと、高は明らかにがっかりした様子だったが、それでも渋々頷いた。

「……しょうがないね」

「その代わり、怪獣の図鑑、買ってあげるから」

「うん」

高は気乗りのしない調子で返事した。

「ゴールデンウィーク明けたらお店も一日休みにするから、遊園地行こうよ」

「子供じゃあるまいし」

高は明らかにすねていた。

「それじゃ後楽園《こうらくえん》行くか？　昼間遊園地で遊んで、ナイター見て帰ろう」

「うん！」

孝蔵の提案に高はやっと機嫌を直したらしかった。

「そんなら俺、月曜に仕込みの手伝いに来ます」

午後から出勤した亮介に「三日の午前中に出勤してくれないか」と打診すると、二つ返事で引き受けた。前日の月曜日は定休日で、はじめ食堂は休みである。

「それは俺一人で大丈夫だ。お客は全部で十五、六人だから」

「手伝わせてください。親方の仕事ぶり、じっくり見たいんで」

亮介の立場は所謂《いわゆる》「追い回し」で、掃除と洗い物、野菜の下処理が主な仕事だった。揚げ物や焼き物、スープストック作りなど、火を使った調理は経験していない。それどころか、肉や魚の処理もまだ習っていない。調理経験の無い亮介は与えられた仕事をこなすだけで精一杯で、孝蔵や英次、真也の仕事ぶりを見て「盗んで覚える」など不可能だった。孝蔵の仕事を間近で見学出来るのは、得がたい経験だろう。

「分った。それじゃ、頼む。よろしくな」

オードブルには白身魚のテリーヌとタマネギスライスを巻いたスモークサーモン、そして別皿で刺身を三種類出した。

「魚政さんの品だから、新鮮ですよ」

集まった中年の客たちから歓声が上がった。

「いやあ、洋食屋で刺身が食べられるとは思わなかったなあ」

主賓《しゅひん》の前川八郎は目を細めて箸を付けた。それを見る銀平も嬉しそうだった。

一子は厨房を振り向き、孝蔵と目を見交わしてにっこりした。送別会のメニューをどうするか、一昨日《おととい》二人でじっくり相談したのだ。その結果「ブラジルに帰ったら食べられないだろうから、日本料理を混ぜよう」ということになり、刺身の他に茶碗蒸しなども出すことにした。もちろん、トンカツと海老《えび》フライも出す。

集まった小学校の同級生は十六人で、女性も三人いた。

「帰ってすぐ、太平《たいへい》尋常小学校へ行ってみたんだ。あの辺はすっかり変ったな。学校の名前まで墨田《すみだ》区立錦糸《きんし》小学校になってたんで、驚いたよ」

「本所区は三月十日の空襲で丸焼けになったからな。あの頃の建物は何も残ってないよ」

「建物だけじゃないわよ。うちなんか、母と妹の遺体も見つからなかった。今でも助かったのが不思議なくらい」

「ひどかったもんなあ」

「……そうか」

八郎は低い声で言って同級生のグラスにビールを注《つ》いだ。

「まあ、ハチは今浦島《いまうらしま》みたいなもんかもしれないなあ」

同級生たちの話は、どうしても戦前の思い出話になる。銀平の世代はみな戦争中に兵隊に取られ、おまけに東京大空襲で家を焼かれている。苦労は察するにあまりあるが、ブラジルに移民して戦火を免れた八郎も決して楽ではなかったようだ。すでに髪は半分以上白くなり、同級生に比べて顔のシワも深い。

「ブラジルは戦争が終わってからの方が大変だったんだ。勝ち組と負け組に分かれて大喧嘩《おおげんか》になった。今から考えりゃ、バカな話さ」

八郎の話では、父親の親友がブラジルで農園経営に大成功して、一旗揚げられるからと一家をブラジルに呼んでくれたのだが、現地に到着すると農園は人手に渡り、親友は夜逃げしていた。それからは筆舌に尽くしがたい苦労の連続だったという。

一子は八郎の話を漏《も》れ聞きながら、昔読んだ石川達三の『蒼氓《そうぼう》』を思い出した。

「それでは、お食事をお持ちします」

最後に出したのは炊《た》きたてのご飯、豆腐とサヤエンドウの味噌汁、カブとキュウリとナスの糠《かす》漬《づ》け、それに砂糖・醤油・酒で濃いめに煮付けた蝦蛄《しゃこ》だった。蝦蛄は安くて美味しくて栄養があって、その煮付けは下町の典型的なお総菜《そうざい》だ。魚屋では一年を通じて茹《ゆ》でた蝦蛄を扱っていた。

「ああ、懐かしい。昔、お袋がよく煮てくれたなあ」

八郎は蝦蛄をおかずにご飯を頰張ると、うっとりとつぶやいた。

「豆腐とキヌサヤのおみおつけも、春の味だ。お香々《こうこ》も美味《うま》い……」

カブの白、キュウリの緑、ナスの紺《こん》と、彩りも美しい漬け物を、みなバリバリと嚙《か》んだ。嚙みながら、洟《はな》をすする者や目を瞬く者が続出した。

デザートには枇杷《びわ》を選んだ。外国には出回っていないから、日本を離れたら口にする機会も無いだろう。

一同立ち上がって尋常小学校の校歌を歌い、宴《うたげ》は幕を閉じた。

「みんな、本当にありがとう。懐かしかった。会えて良かったよ」

八郎は一人一人の手を握り、礼を述べた。

「食堂の皆さん、今日は素晴しいご馳走《ちそう》を用意してくださって、ありがとうございました。お陰様で、毎晩夢に見た懐かしい料理を堪能《たんのう》することが出来ました。お礼の言葉もありません」

八郎は一子の前に立ち、深々と頭を下げた。

「いいえ、お食事をお気に召していただいて、私どもも嬉しゅうございます」

一子は八郎にA四判サイズくらいの折り詰めを差し出した。

「ささやかですが、店からのお土産《みやげ》です」

佃名物の佃煮《つくだに》の詰め合わせだった。その中で一子が一番好きな天安《てんやす》で買ってきた。

「日持ちしますから、ブラジルへお帰りになってからも召し上がれます。お茶漬けになさっても美味しいですよ」

「奥さん、何から何まで、ありがとう」

八郎は折り詰めを受け取ると、深々と頭を下げた。

「いっちゃん、孝さん、恩に着るよ」

帰りしな、目を赤くした銀平は、二人を拝む真似《まね》をして店を出て行った。

「亮介君、お疲れ様。片付けは後で良いから、夕方まで休憩して」

一子が厨房に声を掛けると、出てきた亮介もうっすらと目を潤《うる》ませていた。

「東京の人も、大変だったんですね」

「考えてみれば、二十年ちょっと前まで戦争だったのよね」

一子もしみじみと言った。

これまでは日々の生活に精一杯で、過去を振り返る余裕など無かったが、思えば物心ついた頃には日支《にっし》事変が始まり、入学した尋常小学校は国民学校と名を変え、二年生の時に大東亜戦争に突入、終戦は六年生の夏だった。生き残れたのは運が良かっただけで、何か一つ違っていたら、どうなったか分らない。母方の実家に縁故《えんこ》疎開《そかい》できたのも僥倖《ぎょうこう》の一つで、集団疎開した同級生たちの悲惨《ひさん》さは、聞いただけで胸がつぶれそうだった……。

「俺、ああいう人たちに喜んでもらえるような、立派な料理人になりたいです」

亮介の元気な声で現実に引き戻され、一子も大きく頷いた。

「そうよ、亮介君。頑張《がんば》ってね」


高は空き地の土管の上に座り、膝を抱えていた。遊び仲間は昼ご飯の時間で、家に帰った。小一時間は戻ってこないだろう。

つまんないな……。

高は土管から飛び降りた。そのすぐ横に大きな金庫が捨てられている。昨日までは無かったから、夜のうちにこっそり運んできたのだろう。古いが壊れているわけではなさそうだった。

札束が入ってたりして……。

試しに取っ手を握って引っ張ると、施錠《せじょう》されておらず、簡単に扉が開いた。中は空っぽだった。

「チェッ！　つまんねえの」

腹いせに脇を蹴飛《けと》ばしてやったが、ビクともしない。反対に爪先《つまさき》がジ〜ンとしびれた。

「タカちゃ〜ん！」

空き地に入ってきたのは亮介だった。

「宴会終わったから、帰っておいでよ。海老フライとトンカツが残ってる」

高はふくれっ面をしているが、亮介はまるで屈託《くったく》がない。嬉しそうに料理の話を始めた。

「タカちゃんも店にいれば良かったのに。今日も親方はさすがだね。お客さんが一番喜ぶ料理は何か、会ったこともないのに全部分るんだよ」

「ふ〜ん」

「タカちゃんは恵まれてるよ。生まれたときから親方の料理を食べてるんだから、将来はきっとすごい料理人になれるよ」

「僕は料理なんか大嫌いだ！」

亮介はびっくりして高の顔を見直した。

「それに、お父さんは家で料理なんかしないよ。店に出す料理しか作らないよ。だから、僕には関係ない！」

叫ぶように言うと、高はいきなり駆けだした。

「タカちゃん！」

亮介は背中に呼びかけたが、高は後も振り返らず、どんどん遠ざかった。

亮ちゃんには分らないんだ……！

走りながら高は思っていた。父親にとって一番大事なのは料理だった。幼い頃からぼんやりと感じていたが、今ではハッキリと分る。だから料理のために家族を振り回しても平気なのだ。

昔からそうだった。三月も前から家族で旅行や遊びに行く約束をしていても、当日に急な仕事が入ると、当たり前のように中止か延期になってしまう。それは帝都ホテルにいた頃は、国賓や皇族がお忍びでやってくることもあったから、仕方ない面もある。でも、今は自分の店なのだ。料理の都合ではなく、自分の都合でどうにでもなるはずなのだ。それなのに、何一つ変っていない。

お母さんは良いさ。そういうお父さんが好きで結婚したんだから。だけど、僕は違う。僕の都合なんか聞きもしないで産んどいて、勝手すぎるよ！

一度憤懣《ふんまん》を表に出してしまうと、出口を目指して激流がなだれ込むように、後から後から止めどもなく噴出してしまう。終《しま》いには高も、何に怒っているのかも分らなくなって泣いていた。

そしてようやく泣くのに疲れて顔を上げると、電柱の陰に亮介が立って、こちらを見ていた。途方に暮れたような顔をしている。

「亮ちゃん……？」

「タカちゃん、帰ろうよ。俺、腹減ったよ」

高は亮介の情けない顔を見ると、何だかバカバカしくなってきた。

「しょうがねえなあ」

高は勢いよく立ち上がり、亮介の隣に並んだ。

「トンカツと海老フライでも食うか」

「うん！」

高は亮介と手をつなぎ、勢いよくブンブン振りながら歩き出した。

「亮介、こくがあるのと味が濃いのは違うんだよ」

スープの取り方をチェックしながら、英次が言った。

「雑味がなくて澄んだ味と、こくが無くて薄い味は違う。だからスープストックを作るときは、丁寧《ていねい》にあくを取るのはもちろん、火加減に気をつけないと。火が強すぎると、材料から雑味が出る」

英次は今年二十六歳になる。はじめ食堂の厨房では最年長で、調理経験も一番長い。今週から亮介にスープの取り方の指導をしてくれることになった。

「コンソメスープを飲めばその店の実力が分ると言われるくらいなんだ。だから、これは店の顔を作る仕事だよ」

「はい。気をつけます」

亮介は一言一句聞き逃すまいと、記憶力を総動員して英次の言葉に耳を傾けている。確かに英次の指摘した通り、亮介が作ったスープストックは、いつもよりわずかに透明度に欠けるような気がした。つまり濁《にご》りがある。それは火加減が強すぎて雑味が出てしまったからだ……。

「よく見てなよ」

仕上げに真也が卵の白身を使い、最後のあくを取り去った。スープが黄金色に輝いて見える。

「そうだ。今度勉強がてら、ラーメン屋を回ってつゆを飲み比べてみなよ。化学調味料でごまかしてる店と、ちゃんと鶏《とり》ガラで出汁《だし》取ってる店の違いが分るから」

「はい」

一人暮らしを始めてから、亮介は勉強のために食べ歩きを始めたのだが、東京の地理に疎《うと》く、初めての店は気後れして入りづらく、なかなかはかどらない。昨日、雑談のついでに真也に打ち明けたら、覚えていてさりげなくアドバイスしてくれたのだった。

はじめ食堂は主人夫婦はもちろん、兄弟子の英次も真也も良い人だった。好きな仕事をしているせいだろう、気持ちに張りがあって、他人を思いやる余裕があった。集団就職で勤めた板金工場の先輩《せんぱい》工員は意地が悪かったが、あれは彼が我が身の不遇《ふぐう》を託《かこ》っていたからかもしれない。

良い職場で働けて、俺は恵まれている。

はじめ食堂に勤めて以来、亮介はその言葉を呪文《じゅもん》のように何度も繰り返し、胸に刻みつけてきた。それでもときおり、胸の中を隙間風《すきまかぜ》が吹き抜ける。特に最近、いくらか料理というものが分るようになってきてから、その回数が増えた。

俺は、料理人には向いていないんじゃないだろうか？

どうしても、その疑問が胸に兆《きざ》す瞬間がある。たとえば今日のように「こくがあるのと味が濃いのは違う」と言われたとき。

無論、英次のいうことは正しい。頭では分っている。だが、自分の舌でそれが判別出来るかと言われると、亮介は自信が無かった。

英次や真也と亮介の差は料理学校出身か否《いな》かだけではない。生まれ育った土地の違いが大きいのだ。

亮介の家は青森県の津軽《つがる》地方の山の中にある。冬は塩漬けにした食品が主流だった。洋食の料理人を志したとき、洋食を知らずに塩漬けの野菜や魚を食べてきた舌と、子供の頃から洋食に慣れ親しんだ舌では、自《おの》ずと差が出来て当然ではないだろうか。

同じ青森でも八戸《はちのへ》などの沿岸部出身なら、新鮮な魚介類に親しんできたというアドバンテージがある。だが、亮介にはそれもなかった。東京に来るまで刺身を食べたことさえなかったのだ。

俺はきっと、繊細《せんさい》な味が分らない。その俺が繊細な味の料理を作れるだろうか?

思い悩んでいるところである本を読んだ。そこに書いてあった「食は三代」「東北出身の人間は一流の料理人になれない」という文言に衝撃を受けた。亮介のわずかな希望は打ち砕かれ、不安をかき立てられた。忘れようとしても頭にこびりついて離れない。ほとんど呪縛《じゅばく》されているような状態だ。

そんな亮介の目から見ると、高はまことにもったいない。一流料理人の父を持ち、その仕事を間近で見ることが出来るというのに、父の仕事にまったく興味が無いとは、せっかくの宝をドブに捨てるようなものではないかと思う。

タカちゃんは気が付いてないだけなんだ。自分が恵まれてることにも、親方の仕事がどれほど人を幸せにするかも……。

もしかしたら、人は自分で選べることなど何一つ無いのかもしれないと、亮介は寂しい気持ちで我が身を振り返った。

生まれる場所も、親も、容姿も頭脳も才能も、全《すべ》て生まれる前から決まっていて、誰もそれを選べない。せっかく料理人になりたいという人生の目標が見つかったというのに、青森の山奥で生まれ育った足枷《あしかせ》を掛けられている。

画家も俳優も音楽家も、今活躍している人は、生まれながらに成功が約束されていたのかもしれない。いくら才能があったって、ピアノの買えない家に生まれたらピアニストにはなれないし、そもそもピアノのない家の子は、ピアニストになろうなんて思わないだろう……。

亮介の考えは堂々巡りで、何処《どこ》にも行き着かないうちにため息が漏れた。


「すみません、ちょっとお腹《なか》の具合が悪くて」

亮介はカウンター越しに店の主人に詫《わ》びを言い、勘定を払った。丼《どんぶり》の中にはまだスープが半分、麺《めん》がほとんど手つかずで残っている。三軒目のラーメン屋なので、これ以上は食べられない。律儀に完食していたので、すでに二杯食べた後だった。

もったいないけど、今度は最初から半分残そう……。

亮介はハンカチで汗を拭《ふ》きながら店を出た。

季節は六月半ばの蒸し暑い夜だった。まずは気安く入れるラーメン屋から食べ歩きを始めることにして、休みを利用して銀座に出てきたのだ。

夜の銀座を歩いていると、まるで外国にいるような気がした。道幅が広く、歩道には柳の並木とお洒落な街灯が光り、ずらりと建ち並ぶビルはネオンで明るく輝いている。そして、本物の外国人の姿もちらほら見えるではないか。亮介は故郷ではもちろん、月島や佃で外国人を見たことがなかったので、つい目で追ってしまった。

そうこうするうちに猛烈《もうれつ》に喉《のど》が渇いてきた。ラーメンを二杯半も食べたので、塩分過多になったのだ。

……せっかくだから、綺麗な喫茶店に入ろう。

亮介は四丁目の不二家《ふじや》に入った。マスコットのペコちゃんを知っていたのと、大きな看板が目に付いたのが理由だった。

店に入って一瞬「あれ？」と思った。奥のボックス席に、こちらに背を向けて座っている青年は英次ではないか。顔は見えなくても見慣れた後ろ姿を見間違えたりはしない。向かいに座っているのは二十三、四歳くらいの綺麗な女性だった。上品な感じで服装も趣味が良く、丸の内のＢＧ風に見えた。英次の恋人だろうか？

亮介は好奇心を抑えかね、斜め向かいの席に腰を下ろした。女性の顔が見える位置だ。

「クリームソーダ」

ウェイトレスに小声で注文し、英次と女性の様子を窺《うかが》った。

「……まだ、無理だよ」

英次が低い声で言うのが聞こえた。

「だって、私、来年二十五なのよ」

女性が答える。

「そんなこと、気にする必要ないじゃないか」

「女には大事なことよ。私と同期でまだお勤めしている人、もう三人しかいないわ。後は全員寿《ことぶき》退社。私、最後の一人には絶対になりたくないのよ」

「そんなら、会社を辞《や》めれば良いじゃないか。どうせ結婚したら辞めるんだし」

「英次さん、何も分ってないわ。結婚して辞めるのと、ただ辞めるのは全然違うのよ。私が何回披露宴《ひろうえん》に招待されたと思う?」

「じゃあ、式を挙げれば良いのか?」

女性は激しく首を振った。

「会社の人を招待するのよ。一国一城の主《あるじ》の奥さんになるのと、レストランで働いているコックの奥さんになるのじゃ、月とすっぽんだわ。私だって一生に一度くらい、見栄《みえ》を張ってみたい」

英次は答えずに黙り込んだ。二人の間に重苦しい雰囲気が立ち籠《こ》めるのが伝わってきて、亮介は大急ぎでクリームソーダを飲み干すと、逃げるように店を出た。

見てはいけないものを見てしまったという後ろめたさを感じると同時に、仕事が出来て頭が良くて、亮介から見ればずっと大人で都会的な英次にも人に言えない悩みがあることに、少し安堵《あんど》してもいた。

六月末には台風四号が関東に大雨を降らせ、約十三万戸が浸水し、ビートルズの乗った飛行機も到着が遅れるほどだったが、取り敢えず嵐《あらし》は通り過ぎ、ビートルズ旋風も日本中を駆け抜けて空の彼方《かなた》へ去って行った。

高を始め、多くの少年少女が待ち望んでいたものはその後でやってきた。放送終了した「ウルトラQ」に代わり、七月十七日から「ウルトラマン」が放送開始されたのだ。これこそ子供たちが待ち望んでいた新しいヒーローだった。

高も同級生もウルトラマンに夢中で、放送中はテレビにかじりつき、プラモデルや関連本を買い集めた。

夏休みに入ると、子供たちの熱狂ぶりはいや増した。

「ねえ、お願い、買ってよ」

「ダメよ。プラモデルならもう持ってるでしょ」

「あれはウルトラマンとバルタン星人。科学特捜隊のジェットビートルが欲しいんだってば」

「無駄遣いばっかりしないで、少しは宿題でもやりなさい。八月三十一日になって、あわてて絵日記書き始めるなんて、だめですよ」

「ねえ、買って、買って、買って！」

高は一子の前掛けをつかんで引っ張った。一子は困って、ちらりと孝蔵を見た。

「高、うちは高いおもちゃをいくつも買えるようなお大尽《だいじん》じゃない。そんなに欲しかったら、無駄遣いしないで小遣いを貯《た》めて買え。お正月にもらったお年玉だってあるだろう」

孝蔵は厳しい顔で叱責《しっせき》した。最近少し甘やかし過ぎていると思っていたのだ。すぐに拗《す》ねたりふくれたりするのはそのせいだろう。

「じゃ、いい。もう頼まない」

高はまたしてもふて腐れた顔になり、部屋を出て行った。

「あんまり遅くならないうちに帰るのよ」

一子が呼びかけたが返事もしない。

「確かに忙しくて寂しい思いをさせているのは確かだが、これ以上甘やかすのは良くないな。忙しいお陰で家族がおまんま食えるんだ。もう、そのくらい分る年だろう」

「あたしもそう思う。親にねだれば何でも買ってもらえるなんて思ったら、大間違いよ。将来、ろくなもんにならないわ」

そろそろ理詰めで話をしようと、一子は決心した。これ以上高に甘い顔をしていたら、従業員に示しが付かない。特に亮介は高と十歳しか違わない。亮介の苦労を考えると、ますます高を甘やかしてはいけないと思うのだ。

「ねえ、孝さん、亮介君のことだけど……」

最近は少し元気がない。何か思い悩んでいるように見える。しかし向こうから相談されたならともかく、こちらから余計なことは言い出せず、迷っているのだった。

「多分、あいつは今、壁にぶち当たってるんだ」

孝蔵は眉を寄せてしばし考え込んだ。

「どんな壁か見当が付かないわけじゃないが、これぱっかりは本人の気持ちの問題が大きいからなあ。他人に何か言われても、納得できるかどうか……」

「孝さんに言ってもらえば、亮介君はきちんと受け入れると思うわ。それより、気が楽になるんじゃないかしら」

孝蔵は頷いたが、思案は続いていた。


「二人、良いかね?」

その日、一時を過ぎてランチタイムの混雑が一段落した頃、ふらりと店にやってきたのは、四《よ》つ葉《ば》銀行頭取の勝田《かった》だった。これまでにもランチタイムに何度か店を訪れてくれたが、今日は夫人も一緒だった。

「まあ、奥さん、いらっしゃいませ。お暑うございます」

一子はテーブルにおしぼりと水を運び、団扇《うちわ》を二枚手渡した。この時代、街の食堂に冷房設備はない。天井に扇風機は回っているが、食事をするとみんな体温が上がるので、団扇は夏の必需品だ。

「昼間いらっしゃるのは、お珍しいですね」

勝田が夫人を連れてはじめ食堂を訪れるのは、休日の夜が多かった。

「ええ。今日は用事で銀座に出たら、たまたま主人も時間があるというので」

夫人は小夜子《さよこ》という名で、五十半ばの品の良い女性だった。さして美人ではないが、優しさと聡明さがにじみ出るような顔をしている。勝田に人を見る目があるのは、夫人を見れば一目瞭然《いちもくりょうぜん》だった。

「カレーライスと海老フライ」

「オムライス」

注文する品もだいたい決まっていて、海老フライは夫婦で仲良く分けて食べる。

「まあ、ありがとう」

一子が海老フライと一緒に別皿でポン酢を出すと、小夜子はにっこりした。初めて店を訪れたとき、特製タルタルソースを添えた海老フライに「ポン酢も合うんですよ」と言って出したら、すっかり気に入ってしまった。以来、勝田夫婦は牡蠣《かき》フライもサーモンフライも、タルタルソースとポン酢、二種類の味で食べるのを楽しみにしているのだ。

勝田は例によって、カレーにウスターソースを掛けて、嬉しそうに食べている。夫人は特製オムライスを上品に口に運び、四分の一ほどを夫の皿に移してやった。

はじめ食堂では、二人の会話は故郷の岩手弁で交わされる。だから余人はその内容を窺い知ることが出来ない。

楽しげに食事をしながらお国言葉をやりとりする勝田夫婦を見る度に、一子はほのぼのとした気持ちになる。幼馴染《おさななじ》みだという二人には、言葉だけでなく、共通のものが沢山あるだろう。いわば東京という外地にいて、故郷のぬくもりを感じていられるのは、お互いにとってどれほど慰めになり、励みになることか。

「ああ、美味しかった」

二人は同時に言って、満足そうに微笑《ほほえ》んだ。

「ありがとうございました」

勘定をするとき、小夜子が尋ねた。

「牡蠣フライは、九月からですか?」

「はい。牡蠣はフライの他にコキールも出しております」

小夜子はパッと目を輝かせて、勝田を振り向いた。

「おどさ、わだす次は、コキールさ食てみで」

「まんず、おあげんせ」

勝田も大きく頷いたのだった。

その日の賄いには蝦蛄の煮付けも出した。

「結構しっかり味が付いてますね」

ご飯を頬張りながら真也が言った。

「戦前の東京の総菜は、こういう味が多かったんだ。砂糖と醤油を効かせて濃いめに煮付けてさ。今は関西料理が主流になって、高級な日本料理屋はほとんど薄味になってるけどな」

「そうなんですか？」

亮介が驚いたように目を丸くした。

「江戸時代からの伝統じゃないですかね。冷蔵庫もないし、防腐剤もないから、味を濃くしないとすぐ傷んでしまう。それに、身体《からだ》を使って働いてる人間は、塩分を必要としますから」

孝蔵の後を受けて英次が補足した。

「仕事で京都に行ったことがあるが、普通に町の人が集まる食堂は、所謂京料理みたいな薄味じゃなかったな。まあ、東京だって一筋縄じゃ行かないし、京都も一つの枠でくくるのは無理なんだろうな」

孝蔵はほうじ茶を飲み干すと、まっすぐ亮介に目を向けた。

「亮介、もしかしてお前、有村俊玄《ありむらとしはる》の本を読んだだろう？」

亮介はハッとして孝蔵を見返した。

有村俊玄は美食家としても知られる著名な音楽評論家で、ラジオに番組を持ち、幅広いファンに支持されている。去年刊行した食味エッセー『美食の旅』はベストセラーに名を連ねていた。

「食は三代とか、東北生まれの人間は一流の料理人になれないとか、書いてあったんじゃないか？」

亮介は明らかに動揺した様子で、やっと小さく頷いた。

「そんなバカの言うことは忘れろ」

「は、はい。でも……」

亮介はためらいながらも先を続けた。

「一理あるような気がしたんです。うちの先祖に料理人は誰もいないし、子供の頃から塩辛《しおから》いものばかり食べてたから、味覚が鈍《にぶ》ってるのかもしれないです」

「ばーか」

孝蔵は事も無げに言い捨てた。

「俺は一人だけ、料理の天才を知ってる。そいつにだけは絶対に敵《かな》わないと分ったから帝都を辞めた。今の帝都ホテルの料理長、涌井直行《わくいなおゆき》だ」

亮介はもとより、英次も真也も驚いて息を呑んだ。

「涌井は秋田の漁師《りょうし》の倅《せがれ》だ。子供の頃からしょっつるを食べて、今でも好物だそうだ。家系に料理人はいないし、周りの家に比べて貧乏だったと、本人が言っている」

孝蔵は亮介の方にわずかに身を乗り出した。

「なあ、亮介。青森で生まれ育ったことを、料理人としてマイナスではなくプラスに考えられないか？」

「え？」

「さっき店にいらした勝田夫妻は、岩手県の出身だ。他にも東北出身で東京に暮らしている人は大勢いる。もちろん、成功した人もいれば不遇な人もいる。それは何処《どこ》の生まれだろうがおんなじだ」

孝蔵は亮介を見つめて、力づけるように微笑んだ。

「東北出身の人間の好みを一番理解できるのは、同じ東北出身の人間だ。亮介、お前には東京に住む東北人を全て、自分の料理のファンに出来る。その可能性がある。そうは思わないか？」

孝蔵の気迫が乗り移ったかのように、亮介は居住まいを正し、しっかりと頷いた。

「親方、ありがとうございます。お陰で吹っ切れました。もう、つまらないことで悩んだりしません」

亮介は椅子から立ち上がって、きちんと頭を下げた。再び顔を上げたときには、さっきまで眉の間を曇らせていた憂いの霧は、綺麗に晴れていた。

「俺、東北の人間は一流の料理人になれないって言われて、すごく悩みました。でも、料理の仕事を辞めようとは思わなかった。俺、この仕事が好きなんです。それが良く分りました。一流になれるかどうかは分らないけど、一流を目指して修業します」

亮介の言葉に英次と真也も真剣な眼差しで頷いた。亮介の思いは二人にとっても、そして料理の道を志す多くの者にとっても共通だろう。


月曜日の夕方、亮介は日の出湯からアパートへ帰ろうとしていた。男が銭湯に持参するのは石鹸《せっけん》とタオルだけなので、身軽なものだ。石鹸箱をタオルで包み、口笛を吹いてブラブラ歩いていると、通りの向こうに一子の姿が見えた。

「こんばんは」

亮介が頭を下げると、一子は小走りに近づいてきた。

「高がまだ帰ってこないのよ。もしかして、亮介君のアパートに遊びに行ったのかと思って」

「いえ、今日は来てないですよ」

時刻は七時を回っていた。

「空き地で遊んでるんじゃ……?」

「今見てきたけど、誰もいないの。近所のお友達もみんな家に帰ってるし」

一子の顔は心配のせいでいくらか強張《こわば》っている。

「変だな」

「まさか、家出じゃ……」

「え？」

「今日、また叱《しか》られたのよ。ウルトラマンのプラモデルを買う、買わないで。それで、もしかしたら」

「そんな、バカな」

亮介の頭に浮かんだのは誘拐《ゆうかい》だった。三年前に公開された黒澤明《くろさわあきら》監督の映画「天国と地獄」に触発され、都内で誘拐事件が頻発《ひんぱつ》したのは記憶に新しい。

「奥さん、一緒に探します。どっちの方を回れば良いですか？」

「ありがとう。それじゃ、亮介君のアパートの周りを探してくれる？」

「分りました」

亮介は走ってアパートに戻った。そこからアパートを中心に円を描くように周囲を歩き回った。だが、高の姿はない。

念のために一度はじめ食堂へ行ってみた。

「ああ、亮介君」

ガランとした店の中に一子が立っていた。孝蔵は高を探しに出たまま戻らないという。

「姿が見えなくなるまでは、何処で遊んでいたんですか？」

「空き地で、例によってウルトラマンごっこをやっていたらしいわ。そのうち、一人帰り、二人帰りで、みんな家に帰ったのよ。高もてっきり家に帰ったと思ったって、一緒にいた子供たちはそう言うんだけど」

「空き地ですか」

高の相手をして何度も空き地で遊んだことがあるのでよく知っている。それほど広い土地ではないし、土管が二台あるくらいで、危険物も置いていない。行方不明になるとは考えられないが……？

亮介はふっと閃《ひらめ》いた。

「奥さん、懐中電灯と工具を貸してください。ドライバーとか金槌《かなづち》とか」

「待ってて」

一子は店の奥から懐中電灯と工具の入った箱を持ってきた。

「何か、心当たりがあるの？」

「分りませんけど、一応調べてみます」

亮介が足早に店を出ると、一子も後を追ってきた。

「奥さん、店が留守《るす》になります。戻っててください」

「平気。盗まれるものなんか無いわ」

空き地に着くと、亮介は廃棄された大型金庫にまっすぐに近寄った。取っ手に手を掛けたが、鍵《かぎ》が掛っていて開かない。

「手元を照らしててもらえますか？」

亮介は一子に懐中電灯を渡し、工具箱を開いた。一番細いドライバーを鍵穴に差し込み、ゆっくりと慎重に回した。

一子は一言も口をきかず、黙って亮介の手元を見つめている。

亮介がこんな金庫破りのような真似が出来るのは、前に勤めていた板金工場の社長が、副業で廃品回収業のようなこともやっていて、金庫を持ち帰ることがあったからだ。鍵がない場合は壊して扉を開けていたのだが、たまたま亮介がドライバーで解錠したら、それ以後鍵のない金庫を開ける役目を負わされてしまった。仕方なく数をこなすうちに、自然と腕も上がったのだった。

カチッと音がして、鍵が開いた。全身の毛穴からどっと汗が噴き出し、亮介は大きく息を吐いた。

扉を開けると、その中に高がうずくまっていた。

「たかし！」

一子は悲鳴のような声を上げ、高を抱き寄せた。呼びかけても反応がないが、幸い呼吸は止まっていなかった。

「親方にライトバンで聖路加病院に運んでもらいましょう！　救急車呼ぶより早い」

「え、ええ」

亮介は高を抱き上げ、はじめ食堂を目指して走った。一子が後から必死で駆けてくる。

「店に着いたら先に病院に電話してください！」

一子はただ必死で頷いた。

高は失神していただけで、病院ですぐに意識を取り戻した。他には外傷もなく、後遺症もなかった。

その日の夕方、友人たちが家に戻った後も、高は一人でぐずぐずと空き地に残っていた。また両親に叱られたので、家に戻りたくなかった。あれこれ考えていたら、大きな金庫が目に付いた。出来心というのだろうか、軽い気持ちで金庫に入ってみた。するとどういう加減かひとりでに扉が閉まり、出られなくなってしまったのだった。

「もう、どれだけ心配したか……」

「ごめんなさい」

翌朝、ベッドの脇でさめざめと泣く一子を目の前にして、高も身の置き所がなく、心から申し訳ないと反省した。

「亮介がいなかったら、お前は死んでたかもしれないんだ。亮介は命の恩人だぞ。一生忘れるなよ」

「はい」

孝蔵は寝不足で目の下が黒ずみ、ひげを剃《そ》る余裕もないので顎《あご》の辺りが青黒くなっていた。

「親方、そんなことないです。たまたまあの金庫、ダイヤルを動かしてなかったんで、俺でも開けられたんです」

亮介は孝蔵と一子に挟まれて、恐縮して小さくなっていた。

「亮ちゃんはウルトラマンだね」

高は照れて赤くなっている亮介の顔を見上げて言った。

「今度、もんじゃおごるよ。卵の入ってる一番高いやつ。ウルトラもんじゃって名前なんだ」

第三話 愛はグラタンのように

「高いわねえ……」

八百屋の店先に立って、一子《いちこ》は思わず呟《つぶや》いた。ホウレン草が一把《わ》四十円もする。先月の二倍ではないか。孝蔵《こうぞう》は赤・緑・黄色の三色を活《い》かして、ホウレン草とトマトのココットを作る気でいるが、これでは採算が合わない……。

「シベリア寒気団とやらの影響で、葉物が育たなくてね」

八百屋の主人は申し訳なさそうに言った。

年明けから九州西部は記録的な寒さに襲《おそ》われ、日本中で野菜が急速に値上がりした。家庭なら高い野菜を買うのは止《や》めて別の野菜で代用することもできるが、商売となるとそうはいかない。特に付け合わせのキャベツは洋食屋の必需品だ。

「ええと、それじゃ、ホウレン草五把とキャベツ五玉、トマト十個ね。後は……キュウリ十本、人参《にんじん》十本」

タマネギとジャガイモは箱買いしているので在庫がある。一子は注文を終え、隣の乾物屋へ足を移した。

八百屋の買い物は量が多いので、食堂へ配達してもらっている。孝蔵がライトバンで築地へ買い出しに出かける日は、野菜も一緒に場外の八百屋で買ってくるが、それ以外の日は同じ町内の八百屋で買う。このところ、どちらの店も高値が続いていた。

どこかの店先のラジオから、真冬だというのに「君を見つけたこの渚《なぎさ》に……」と夏の情景を歌った曲が流れてきた。

「まあ、仕方ないさ。いつまでも続くわけじゃないだろう」

夜の仕込みを続けながら、孝蔵は答えた。

「八百屋も大変さ。あんまり値が上がったら、客が買い控える」

「でも、うちはそういうわけにいかないんだもの。ちょっとは勉強してくれたって良いのに」

築地の八百屋はあまりに葉物が高くなりすぎたので、前回はホウレン草を原価で売ってくれたという。しかし、町内の八百屋はおまけしてくれない。あんまり愛想《あいそ》がないと、一子は少し怒っている。

「そりゃ付き合いが違うよ。俺は八百竹《やおたけ》とは帝都の時代から、もう二十年以上の付き合いだ」

「あら、あたしだってお嫁に来てからずっと八百花で買ってるわ」

「家庭用と業務用じゃ、量が違うだろう」

孝蔵は宥《なだ》めるように穏やかに言った。

「そうカリカリすんなって。来月になりゃ値も下がる」

「しょうがないわね」

一子は厨房《ちゅうぼう》に入って出来立てのベシャメルソースをスプーンですくい、ペロリとなめて機嫌を直した。


「ただいま！」

昼前に高《たかし》が学校から帰ってきた。今日は土曜日で給食がない。

一子はご飯を盛った皿にカレーをよそい、ラッキョウと福神漬けをたっぷり添えて、二階へ運んだ。最近は高の土曜の昼ご飯はカレーが定番だ。余分に作る手間が要《い》らないし、高もカレーが大好きだ。

部屋に入るとランドセルは隅《すみ》に放《ほう》り出し、すぐにも遊びに行ける態勢である。

「食べたら、ちゃんと宿題やりなさいよ」

いつもながら、そんな忠告は子供の耳に入らない。

「あ、お母さん、来週の土曜は休みだって、先生が……」

スプーンをカレーに突っ込んで、高が言った。

「あら、どうして？」

「知らない。何とか記念日」

もぐもぐと口を動かしながら、要領を得ない返事が返ってきた。

食堂に戻ると、十分もしないで高が階段を降りてきた。

「ごっそうさん！」

食べ終わった皿を厨房のシンクに入れて、表に飛び出そうとする。

「宿題は？」

一子はジャンパーの襟首《えりくび》をつかんで待ったを掛けた。

「後で！」

高は一子の手を振りほどき、駆け出して行く。近所の空き地で野球をするか、ウルトラマンごっこをするのだろう。

「しょうがないわねえ」

ため息を一つ吐《つ》いて、一子は食堂の仕事に戻る。これはほとんど毎日繰り返されるやりとりで、いわば年中行事のようなものだ。

一子も孝蔵も、子供の頃《ころ》は宿題そっちのけで遊びに夢中だったから、高にも強いことは言えない。二人とも子供はそんなものだと思っている。

すでに受験戦争や教育ママという言葉もマスコミに登場していたが、中学校受験はまだ一般的ではなく、小学生の多くは地元の中学に進学する時代だった。受験に真剣になるのは遠い先の話だと思っているから、親子共にのんびりしたものだ。

昼の営業を終えて片付けに入ってから、一子はふと高の言葉を思い出した。

「来週の土曜日って、二月十一日よね。前は紀元節《きげんせつ》だったけど、今度は何なのかしら？」

一子は子供の頃「紀元は二千六百年」という歌が流行《はや》ったのを覚えていた。

「建国記念日じゃないですか？　新聞で読んだような気がします」

厨房にいた英次が教えてくれた。

「そうなの。明治節は文化の日になっちゃうし、ややこしいわねえ」

十一月三日は明治天皇の誕生日に当たっていたが、戦後は「文化の日」と名称を改め、四月二十九日の天長節《てんちょうせつ》も天皇誕生日になった。戦後二十年以上経《た》っているが、子供の頃の記憶というのは鮮明に刻まれていて、昔の名称の方がしっくりするのだった。

「ま、どっちにしても、休みが増えると高が騒ぐから厄介《やっかい》だわ」

一子は調味料の瓶《びん》の中身を補充し、各テーブルに配って歩いた。

その日の夜、八時を回った頃、店に新しいお客が入ってきた。早い時間にやってきた家族連れが食事を終え、丁度お客が入れ替わる時間帯だ。

若い女性の三人連れで、年齢は二十三、四歳くらいか。みな最近流行り始めた膝上《ひざうえ》五センチ丈の色鮮やかなワンピースにオーバーを羽織《はお》っている。綺麗《きれい》な花が咲いたように、店がパッと華やかになった。

「いらっしゃいませ。どうぞこちらへ」

一子は四人掛けのテーブルに案内した。

三人はメニューをひろげ、あれこれ相談を始めた。新しい店に若い女性が三人寄れば、かまびすしいおしゃべりになって、なかなか注文が決まらないのが常なのだが、一人がすぐに口を開いた。

「オレンジジュース一つと、コーラ二つください。お料理はゆっくり考えますので」

三人の中でも一番美しい女性だった。パッチリとした二重まぶたの大きな目が和泉雅子《いずみまさこ》に似ていた。顔が綺麗なだけでなく、気働きもあるらしい。

ついでながらこの時代、素人《しろうと》の女性が酒類を注文することはほとんど無く、ボトル入りウーロン茶も商品化されていなかったので、ジュースやコーラを飲みながら食事することは普通だった。

「ここのご主人は、帝都ホテルの副料理長をしていた人なんですって。だから、ソースは帝都と同じものを使っているそうよ。せっかくだから、ソースを使った料理を頼んでみましょう」

飲み物を運ぶ途中で〝和泉雅子〟が友人にそう説明するのを耳にして、一子は嬉《うれ》しくなって思わず微笑《ほほえ》んだ。

「ビーフシチュー、ロールキャベツ、海老《えび》とホタテのグラタン。付けるのはみんなパンにしてください。それと、海老フライとハンバーグをください」

〝和泉雅子〟はてきぱきと注文をまとめて一子に告げた。

「三人で分けて食べたいので、取り皿をお願いします」

「はい。かしこまりました」

会社勤めのＢＧだろうか。銀座で映画でも観《み》た帰りかもしれない。

亮介《りょうすけ》は洗い場に置かれたフライパンをゴシゴシと洗い、水気を拭《ふ》き取って調理台に戻した。

「お願いします、ビーフシチュー、ロールキャベツ、グラタン、海老フライ、ハンバーグ！　パン三人前！」

一子が注文を読み上げ、カウンターに伝票を置いた。

亮介は食器棚から料理に応じた皿を取り、湯を張ったバットに浸《つ》けた。こうして皿を温めておくのだ。

その時、カウンター越しに見るともなく、客席に目を遣《や》った。

「あ……」

思わず声が漏《も》れた。隣にいた真也《しんや》が怪訝《けげん》な顔でちらりと見た。

「すいません、なんでもありません」

あわてて言い訳して、三人分のパンをオーブンに入れた。しかし、ほんとは少し胸がドキドキしていた。客席に座っている美人のお客は、去年、英次《えいじ》と銀座でデートしていた女性なのだ。

あの時、二人は言い争いをしているみたいだった。あれから仲直りしたんだろうか？

つい余計なことを考えてしまう。英次は優しくて頼り甲斐《がい》のある先輩だから、恋人と上手《うま》く行って欲しい。相手が美人なので余計にそう思うのだ。

「ごちそうさまでした」

食事を終えると、女性たちは割り勘で勘定《かんじょう》を支払った。料理には満足したようで、みなにこやかな顔つきをしている。

「すごく美味《おい》しかったわ。びっくりしちゃった」

「生まれてから食べたビーフシチューの中で、一番美味しかった」

「こんな所で本格的なお料理が食べられるなんて、思わなかったわ」

がま口に釣《つ》り銭《せん》をしまいながら、三人は口々に言った。

一子は笑顔で頭を下げた。

「それはありがとう存じます。ざっかけない店ですが、どうぞまたお近くにおいでの際は、お立ち寄りください。平日はランチもやっておりますので」

「ほんと？　今度お昼食べに来ようかしら」

「良いわね。うちの社食、ひどいもん」

三人は賑《にぎ》やかに店を出て行った。

亮介はそれを覗《のぞ》き見て、どうしてあの人は英次に一言声を掛けて帰らなかったのだろうと、それが気になった。英次は調理に忙しくて、恋人が店に来ていたのに気付いていないらしい。そして、亮介は銀座で二人を見かけたことを内緒にしているので、英次に知らせるわけにも行かないのだった。

「お隣さん、とうとうお店閉めるんですって」

「まあ」

受話器から流れる母の言葉に、一子は何とも言えない感慨に襲われた。実家の隣は「ランバン」という純喫茶で、結婚前に孝蔵とデートの待ち合わせに使っていた店だ。純喫茶というのはアルコール類の販売をしない喫茶店を言う。

「ま、無理もないけどね。主人夫婦は七十超えてるし、跡継ぎもないんじゃ……」

母の言うとおりだが、それでも一子は寂《さび》しかった。銀座裏の路地に建つ店同士、物心ついた頃からの付き合いだった。ウィンナー・コーヒーもレモンスカッシュもクリームソーダもミックスサンドもホットケーキも、全部隣で覚えた味なのだ。

「閉店はいつ？」

「夏頃だって。不動産屋に相談して、借り手が見つかってから」

「……そう」

「一度隣に挨拶《あいさつ》に行っておいで」

「うん、そうする。結婚祝いをもらってるし」

一子は受話器を置いた。

ベージュの壁紙、茶色いビロード張りの椅子《いす》、デコラのテーブルと、何の変哲《へんてつ》も無い店だが、青春の思い出と深く結びついている。テーブルにはバターピーナツの販売機が置いてあったが、何故《なぜ》か途中でおみくじ販売機に代わった。孝蔵とおみくじを引いたら中吉が出て、幸先の良さを喜んだものだ。

思わずため息が漏れた。こうして、古いものは順番に消えて行くのだろう……。

一子の実家は昭和通りの裏、木挽町《こびきちょう》と呼ばれた辺りの路地に店を構える宝来軒《ほうらいけん》というラーメン屋だった。店は昼近くから深夜まで開けている。場所柄、近くの店の従業員や水商売勤めの男女、歌舞伎《かぶき》役者などが常連だったが、昭和十九年から二十六年まで歌舞伎座は閉鎖されていたので、一子の記憶に歌舞伎役者の姿は無い。

もっとも、その頃になるとラーメンの材料が手に入らず、店は雑炊《ぞうすい》食堂に転じていたのだが、昭和二十年五月二十五日の空襲で丸焼けになり、廃業を余儀なくされた。

しかし戦後、両親は元の場所にバラックを建てて宝来軒を再開した。ランバンも遅れること一年で店を開いた。それから二十年、隣同士で店を続けてきたのだった。

「そうなのか。残念だな」

思いは孝蔵も同じだった。

「月曜に挨拶に行ってこよう。お舅《とう》さんたちにもしばらく会ってないし」

「ええ」

テーブルを片付けながら、一子は幾分沈んだ声で返事をした。

「いっちゃん、孝さん、良く来てくれたわねえ」

ランバンのマダムの蘭子《らんこ》が相好を崩した。

「すっかりご無沙汰《ぶさた》しています」

「これ、うちの店のビーフシチューです。お夕飯にどうぞ」

「いやあ、悪いねえ」

「お土産《みやげ》にしちゃ変だけど、喫茶店にお菓子持ってくのも何だから、うちの料理にしちゃった」

一子が小鍋《こなべ》を差し出すと、マスターの伴雄《ともお》は恐縮して頭を下げた。

店の名は夫婦から一字ずつ取って「ランバン」なのである。

「いっちゃんにはよく、ラーメンの出前してもらったっけなあ」

「あたしも、よくここでホットケーキ食べたわ」

蘭子はかつての豊満さに比べるとほんの少し空気が抜けたようにしぼんでいたし、伴雄の頭頂部の毛はだいぶ寂しくなった。それでも二人のお洒落《しゃれ》な雰囲気は変らない。相変らず背筋がピンと伸びて姿勢が良く、趣味の良い洋服を着こなしている。若い頃から続けているという社交ダンスの効能かもしれない。

「いっちゃんと孝さんが出会ったのも、うちの店なのよねえ」

「そうそう」

孝蔵は照れて笑っているが、一子は昨日のことのようにハッキリと覚えていた。

一子は高校生になると宝来軒を手伝った。兄はすでに父の右腕として厨房で調理をしていたが、一子はもっぱら接客と出前を担当した。近くのバーや麻雀荘《マージャン》からはよく出前の注文が入ったので、岡持《おかもち》を提げて届けに行った。

それは高校二年生の夏休み、一子が十七歳になったばかりのある昼下がり、ランバンの蘭子がガラス戸から顔を半分だけ覗かせて「ラーメン二つお願い！」と言って引っ込んだ。店主夫婦の賄《まかな》いである。

急いで持って行くと、店には客がひと組しかいなかった。若い男の二人連れで、見たことのない顔だった。

「ご苦労さん。丼《どんぶり》、後でもってくから」

一子がカウンターの奥にラーメンを運ぶと、蘭子はレジから小銭を出して代金を支払った。この頃、宝来軒のラーメンは一杯三十円で、ランバンのコーヒーは四十円だった。

一子は帰ろうとして、何気なくボックス席に座っている二人の若者に目を向けた。一人は椅子からはみ出すほど脚が長く、顔も身体《からだ》もきりりと引き締まって、まるで革の鞭《むち》のようだった。もう一人も体格は良かったが、色が白くてふっくらと太り、ほっぺがバラ色をしているので、何だが日向《ひなた》に干した布団のようだ。この対照的な二人組に、一子はおかしくなってちらりと微笑んだ。

「隣のラーメン屋さん？」

一子の笑顔を目にとめて、鞭のような青年が尋ねた。

「はい。宝来軒です。どうぞご贔屓《ひいき》に！」

一子は答えるが早いか、さっと背中を向けて小走りにランバンを出た。何だか急に胸が苦しくなってしまったのだ。

店に戻ると、常連の砂村《すなむら》が勘定を払っているところだった。

「いっちゃん、どう、あの話？」

あの話というのは映画女優にならないかという誘いだった。砂村は松竹のプロデューサーで、一子が店を手伝うようになると、すぐにスカウトの声を掛けてきた。

「お断りします。映画は観《み》るもんで、出るもんじゃないと思うから」

「もしかして、東宝からも何か言われた？」

「いいえ。そういうことじゃないんです。気が進まないだけ」

本当は東宝からも大映からもスカウトされていた。宝来軒は銀座裏にあるので、各映画会社の関係者もラーメンを食べに来る。一子の類《たぐ》いまれな美貌《びぼう》は評判で、この頃はスカウト合戦になっていたのだ。

しかし、一子は女優という職業にまったく魅力を感じなかった。何故《なぜ》なら、子供の頃から両親、服部一太郎《はっとりいちたろう》と珊子《さんこ》夫婦に「間違っても俳優になろうなんて思っちゃいけない」と言われてきたからである。

宝来軒は今は木挽町にあるが、元は松竹大船撮影所の近くに店を開いていた。一太郎と珊子はそこで俳優業の難しさ、栄光と悲哀を目の当たりにした。

「ありゃあ、運が頼りの仕事だ。いくら見た目が良くて演技が上手くたって、それでスターになれるってわけじゃない。大部屋で腐っていく役者の卵は大勢いる。適当なところで見切りを付けて別の道に進めれば良いが、引き返せないで年取ったら悲惨なもんだ」

「ほんとに。それほど美人じゃなくて、演技もほどほどだってスターになる人はスターになっちゃうのよ。そういうのを見ると、どうして自分が……って、諦《あきら》めきれないんだろうねえ。特に女は花の盛りが短いから」

子供の頃からそんな話を聞かされて育ったので、一子にとって女優業というのは博打《ばくち》と同じに思われた。そんな危険で頼りにならないものに一生を懸ける気にはなれなかった。

「そんな固く考えないで、今度撮影所に遊びにおいでよ。今、高橋貞二《たかはしていじ》と津島恵子《つしまけいこ》が新作を撮影中なんだ」

高橋貞二は鶴田浩二《つるたこうじ》・佐田啓二《さだけいじ》と共に「松竹大船三羽烏《さんばがらす》」と称される若手の人気男優、津島恵子は「安城家《あんじょうけ》の舞踏會《ぶとうかい》」でデビューして以来大人気のスター女優だった。

「ありがとう。また今度ね」

一子は素っ気なく答えて丼を片付けた。

「撮影所見学なんか行ったって、忙しい撮影の合間にちょこっとサインもらうだけだろう？　つまらないからよせよ」

テーブル席で煙草《タバコ》を吹かしながら時任恒巳《ときとうつねみ》がうそぶいた。

「それより、ドライブに行かないか？　メルセデスベンツの新車、買ったんだ」

「お父さんが、でしょ」

一子は冷たく言って、洗い物を始めた。

恒巳は銀座通りに戦前から店を構える有名宝石店の息子で、慶應《けいおう》大学の三年だった。少し高橋貞二に似ていて、本人もそれを意識している。金があって容姿が良いので、勉強そっちのけで女遊びばかりするようになった。一子は恒巳に軽蔑《けいべつ》しか感じなかったが、まるで気付いていないらしく、毎日のように暇な時間に店に来ては、デートに誘うのだった。正直、鬱陶《うっとう》しくてたまらない。そもそも、いくら客の少ない時間とは言え、いつまでも煙草を吹かして店に粘っているのが気に入らなかった。ラーメン屋は喫茶店とは違う。食べ終わったらさっさと帰れば良いのだ。

一子は何故かランバンにいた青年の顔を思い浮かべた。

あの人はきっと、こんなだらしのない男じゃないわ……。

会ったばかりで相手のことは何も知らないにもかかわらず、一子はそう思うのだった。

その青年が店に現れたのは翌日の夜、十時を回った頃だった。

「良いですか？」

声を掛けてから入ってきて、カウンターに腰掛けた。

「いらっしゃいませ！」

一子は我知らず常より弾《はず》んだ声を出した。

「ラーメンください。あの、お宅、閉店は何時ですか？」

「十一時です」

「そうですか。良かった」

青年はホッとしたように言った。店に対する気遣いを見せられて、一子の青年に対する好感度は更にアップした。言うまでもなく、この青年こそ若き日の孝蔵である。

「ほんとに来てくださったんですね。ありがとう」

孝蔵は嬉しそうにニコッと笑った。

「遅くまで手伝って、偉いね」

「夏休みだから」

一子は何となく恥ずかしくなって奥へ引っ込んだ。

孝蔵は美味《うま》そうにラーメンを食べ終えると、すぐに勘定を払って店を出た。極めてあっさりしたその態度が、一子には常日頃の心情を裏切って、物足りなく感じられたのだった。

その次の夜も、同じ時間に孝蔵は宝来軒にやってきた。

一週間に六日続けて来店し、それが二巡目に入る頃、一子は孝蔵が帝都ホテルで働く料理人だと知った。いつも店に来る時間が遅いのは、調理場の仕事を終えた後に立ち寄るからだった。そして夜食のラーメンを食べるために、ホテルで出される夜の賄いを半分しか食べないことも知った。年齢は昭和二年生まれの二十三歳。一子より六歳上だった。

孝蔵は大体は一人で来たが、五回に一回ほど後輩を連れてきた。あの日向に干した布団のようなふっくらした青年で、名前は涌井《わくい》直行《なおゆき》という。二人は互いを「兄さん」「ナオ」と呼び合っていて、実の兄弟のように仲が良かった。特に涌井は孝蔵を尊敬しきっているらしく、憧《あこが》れの眼差《まなざ》しで仰ぎ見ていた。

一子は涌井のそんなところに好感を持った。

夏休みが終わりに近づいた頃、孝蔵が言った。

「いっちゃん、俺、明後日《あさって》は休みなんだ。ナオと三人でエスポールで晩飯を食わないか？」

「まあ！」

エスポールは銀座でも五本の指に入る高級レストランだった。孝蔵や涌井のような若輩者《じゃくはいもの》がおいそれと出入りできる店ではない。

「どうしたの、急に？」

「うん。一流の料理人になるには、一流の味を知らなくちゃいけないだろう？　それでナオと相談して、ふた月に一回、一流の店で食事することにしたんだ。でも、せっかく無理して高い店に行くなら、なるべく沢山品数を注文して味を知りたい。二人より三人の方が、いっぱい食べられるし、それに……」

孝蔵はいくらか照れたように付け加えた。

「野郎二人だけじゃ、どうも殺風景でいけない。いっちゃんが来てくれたら、華やかになると思って」

「嬉しいわ。ありがとう」

一子は素直に喜んだ。明後日が来るまでの時間が、これほど待ち遠しかったことはない。

翌朝は起きるが早いか、たった一枚しかないよそ行きのワンピースにアイロンを掛け、ハンガーに吊《つる》した。この時代、女性の既製服はほとんどなく、自分で縫うか洋装店にオーダーするかだった。一子のワンピースは隣の蘭子が仕立ててくれたもので、白地に青の水玉模様、端布《はぎれ》でお揃《そろ》いのヘアバンドまで作ってもらった。スカートのフレアーをたっぷり取ったこの木綿《もめん》のワンピースは、一子が半生《はんせい》で着た洋服の中でも一番のお気に入りだった。

待ち合わせは銀座四丁目の時計塔の前だった。元は服部《はっとり》時計店だが、この当時日本はまだ占領下にあったから、接収されてPXになっていた。

「お待たせ！」

一子は約束の時間より十分前に着いたのだが、孝蔵と涌井はすでに待っていた。二人とも糊《のり》の効《き》いたシャツを着て、ズボンの折り目もピンとしている。一子と同じく、精一杯お洒落してきたらしい。

孝蔵の目に感嘆の色が浮いたのを一子は見逃さなかった。

「一子さんは女優さんみたいだ」

口べたな涌井まで賞賛の言葉を漏らした。

嬉しさのあまり、一子はその場でスカートを翻《ひるがえ》し、くるりと一回転した。水玉模様の大輪の花が開いたような光景に、道行く人も振り返った。

「さあ、行きましょう！」

一子は孝蔵と涌井の真ん中に入って腕を絡《から》め、高らかに言って歩き出した。

エスポールは銀座七丁目の、その頃はニューズウィークの入っていた銀座電通ビルのすぐ南側の通りに店を構え、度重なる空襲にも耐えて焼失を免れた。モボ、モガの闊歩《かっぽ》する時代から一流名士に愛されてきた名店に相応《ふさわ》しく、店の造りは重厚で、風格があった。

ウェイターも教育が行き届いていて、若い一子たち三人を軽んじる素振りは微塵《みじん》もなく、名前を告げると慇懃《いんぎん》に予約のテーブルに案内した。

一子は生まれて初めて目にする高級店の内部に目を奪われた。高い天井と大きな窓、分厚い絨《じゅう》毯《たん》を敷いた床、真っ白いテーブルクロスの掛かったテーブル、キラキラと輝く金とクリスタルのシャンデリア、大理石の柱、絹張りの壁、壁面を飾る鏡と油絵など、外国映画で見た場面が総天然色で目の前に現れたような豪華《ごうか》さだ。

メニューを手渡されても、ドキドキして何が書いてあるのか目に入らない。

しかし、孝蔵と涌井はとても落ち着いていた。見るべきものはきちんと見ていて、気圧《けお》された様子は感じられない。

……さすが、帝都ホテルの人は違うわ。

一子はすっかり感心してしまった。

「あの、私、何を食べて良いか分らない。お二人にお任せで良いかしら？」

孝蔵と涌井は安心させるように微笑んだ。

「じゃあ、適当に頼むけど、何か嫌いな物はない？」

「いいえ。何でも大好きよ」

孝蔵は大きく頷《うなず》くと、涌井と相談しながらメニューを決めた。二人は料理の内容についてウェイターに質問することもあった。その態度に肩肘《かたひじ》張ったところは何処《どこ》にもないが、名店の料理に対する期待感と探究心が素直に伝わってきて、一子は何だか嬉しくなった。大船に乗った気持ちとはこういうことかと思ったりもした。

実際に料理が運ばれてくる頃には、一子はすっかり安心してリラックスしていた。何があっても大丈夫。こっちには料理の専門家が二人も付いてるんだもん！

「すごく綺麗。これはなんていう料理なの？」

一子は目の前に置かれた皿を指さした。寄せ木細工のように四角い、彩りの美しい物体が載っている。

「テリーヌ。フランス料理の前菜の定番だよ。白身魚をすりつぶして、生クリームと卵の白身を混ぜて蒸し焼きにするんだ。でも、野菜や肉で作る場合もあるんだよ」

「へええ」

一子には初めて食べる料理ばかりだったが、二人が分り易《やす》く説明してくれるので、見知らぬ人が遠くの親戚《しんせき》になったような気がして、親しみさえ感じられた。

「これ、どうやって食べるの？」

分らないことは何でも素直に聞くことが出来た。二人は親切に教えてくれたし、その料理にまつわる面白いエピソードを話して、大いに笑わせてくれもした。

三人の食事は、もしかしたら正式な作法から外れていたかもしれない。コースではなく、アラカルトで何品も注文し、三人で取り分けて食べたのだから。しかし、その若々しい食欲と楽しげな食事風景は、老舗《しにせ》の名店に新鮮な風が吹き抜けるようだった。

「デザートは何にする？」

三人が再びメニューをひろげたとき、入り口から賑やかな人声が聞こえた。

「ようこそいらっしゃいませ」

「七人だけど、個室空いてるかな？」

一子はその声に聞き覚えがあった。

案の定、ウェイターに案内されて店の奥へと進む一行の先頭は、あの時任恒巳だった。ほかの若い男たちも慶應ボーイだろう。女の子四人はＢＧか、もしかしたら女子大生かもしれない。彼女たちはみな髪にパーマを当て、ナイロンのストッキングに包まれた足には白い革の靴を履《は》いていた。

「いっちゃん？」

恒巳は一子に気が付いて足を止め、先に行くように仲間を促してからテーブルに近づいてきた。

「珍しいところで会うな。どうしたの？」

「このお二人にご馳走《ちそう》していただいたの。一《にのまえ》さんと涌井さんです」

一子は悪びれずに答え、孝蔵と涌井も軽く頭を下げた。

「何だ、エスポールで食事するなら俺に言ってくれれば良いのに。ここは親父《おやじ》の行きつけでね。時任の名前を出せばもっと良い席に案内してもらえたのに」

「このお店はまるでお城みたいですもの。何処に座っても良い眺めだわ」

一子はあくまでもにこやかに答えた。

恒巳は孝蔵と涌井をじろりと一瞥《いちべつ》し、明らかに馬鹿にしたように唇の端を吊り上げてみせた。

「まあ、気に入ったんなら良かった。今度は俺と一緒に来よう。特別室に案内するよ」

「ありがとうございます。ねえ、皆さんがお待ちになってますよ。そろそろあっちにいらっしゃらないと」

「良いんだよ、あんな連中、どうだって」

恒巳は吐き捨てるように言った。

「いっちゃんに比べたら月とすっぽんさ。いくら着飾ったって、中身は馬子《まご》のまんまだ」

一子は不愉快になった。自分の知り合い、しかもこんな高級な店に連れてくる程度には親しい女性たちを、ことさらに悪し様《あざま》に言う態度は幼稚で、浅ましささえ感じた。

「お友達のことをそんな風に仰《おつしや》るもんじゃありません」

「友達なもんか、あんなメス豚ども」

一子がカッとして言い返す前に、孝蔵の静かな声が響いた。

「すみませんが、我々は友人同士で食事を楽しんでいる最中です。外していただけませんか？」

恒巳が孝蔵を睨《にら》んだ。唇は「何だと？」と言いかけて動いたが、途中で飲み込んで声にはならなかった。親の金で遊び呆《ほう》けている人間と、情熱を持って仕事に打ち込んでいる人間は、発する気合いがまるで違う。恒巳もそれを感じたらしい。無理に肩をそびやかして虚勢を張って見せた。

「じゃあ、いっちゃん、また店で」

恒巳が席を離れると、涌井がわずかに首を傾《かし》げた。

「兄さん、あの人、うちの店に来たことあるよね？」

「ああ。確か、時任さんのテーブルだった」

二人は厨房で働いているが、ローストビーフをお客の前で切り分けるときなど、料理長の助手として客席に出ることもあった。

「そうよ、その時任。銀座の明正堂《めいしようどう》のバカ息子」

一子は鼻の頭に思い切りシワを寄せ、二人は苦笑を漏らした。

食事を終え、勘定を支払う段になると、支配人がやってきて恭《うやうや》しく頭を下げた。

「お客様、実は個室のお客様が、すでにお支払いを済ませていらっしゃいまして……」

「それは困ります。こっちはあちらとは無関係ですから」

孝蔵は穏やかに、しかしきっぱりと言った。

「はあ。それはごもっともとは存じますが……」

支配人も困惑しているらしかった。

「それじゃあ、直接あちらに断ってきます」

孝蔵が立ち上がりかけたとき、個室から恒巳が現れた。

「良いじゃないか。エスポールのメシ代が無料《ただ》になるんだ。悪い話じゃないだろう?」

孝蔵は恒巳の前に立った。

「ご厚意はありがとうございます。でも、これは受けられません。見ず知らずの方にご馳走になるわけにはいきませんから」

恒巳はまたしても馬鹿にしたようにせせら笑った。

「無理すんなよ。一ヶ月汗水垂らして働いた給料がパーになる額だぜ。ここは元々、あんたたちが出入りするような店じゃないのさ」

「時任さん、失礼にもほどがあるわよ!」

詰め寄ろうとする一子を、孝蔵は目で制した。

「分不相応かもしれませんが、私たちはこの店の料理に憧れて、給料を貯《た》めてやってきました。そして、値段に見合う料理とサービスと雰囲気《ふんいき》を楽しみました。他人が給料を何に使おうと、あなたに口出しする権利はないはずです」

孝蔵は声を荒らげることもなく、威嚇《いかく》するような態度も取っていなかった。しかし、身に備わった器量は自然とにじみ出る。その気になれば恒巳など片手でひねり潰《つぶ》すことも可能だったろう。恒巳は完全に気圧されていた。

一子は二人を見守るウェイターたちが、声には出さずに「そうだ、そうだ」と頷くのを見た。

「では、これで」

孝蔵はテーブルの上に勘定を置き、一子と涌井に目で合図した。

「さ、帰りましょ。どうもごちそうさまでした！」

一子は孝蔵と涌井と腕を組み、出口へ歩き出した。

店を出る直前、恒巳を振り返ってアカンベーをしてやった。

「おばさんに仕立ててもらった水玉のワンピース、今でも持ってるのよ」

「まあ、嬉しいこと」

蘭子はネルドリップでコーヒーを淹《い》れながら微笑んだ。

「あの頃、いっちゃんは本当に綺麗だったもんねえ。……もちろん、今だって綺麗だけど」

蘭子は当時を思い出すように目を細めた。

「でも、女優の話を断ったのは残念だったわね。だって、あれからすぐ岸惠子がデビューしたじゃない。ひょっとしたら、いっちゃんが大スターになって、向こうが〝佃島の服部一子〟になってたかもしれないのに」

岸惠子は一子と孝蔵が結婚した年にデビューし、その二年後に「君の名は」の大ヒットで人気スターになった。

「あたしは逆。スターになる運命を背負って生まれてきた人じゃないと、スターにはなれないんだなって痛感したわ。だから女優の話を断って本当に良かったと思ってるの」

それが一子の正直な感想だった。なまじ顔立ちが岸惠子に似ているせいで、余計にそう感じる。

「そうそう、明正堂の息子さん、覚えてる？」

急に蘭子が話を変えた。

「慶應ボーイのバカ息子でしょ？」

「今、不動産屋になってるの」

「へえ」

「昨日、ここへ来たのよ。自分の会社でこの店の売買を扱わせてくれないかって」

時任恒巳は大学卒業後、父の経営する明正堂に勤めたが、使い込みが発覚して勘当されたと、風の便りに聞いていた。

「いっちゃんが結婚したときは大荒れだったわ。バカはバカなりに、真剣に惚《ほ》れていたみたい」

そう言われても、一子は恒巳にまったく懐《なつ》かしさを感じない。理由は簡単で、身勝手で思いやりのない性格が好きになれなかったからだ。

その夜、一子と孝蔵、高の親子三人は一子の実家服部家で夕食を共にした。宝来軒もはじめ食堂と同じく、月曜定休なのだ。

「タカちゃんはしばらく見ないうちに、また大きくなったねえ」

母の珊子はその日三度目になる台詞《せりふ》を繰り返した。

「ウルトラマンじゃあるまいし、そんなに急に大きくなんないよ」

孝蔵は一太郎の作った肉野菜炒《いた》めに箸《はし》を伸ばした。

「やっぱり中華の炒め物は美味いなあ」

「火力が強いからね。でも、孝さんとこだって業務用でしょ?」

兄の安彦《やすひこ》がお土産のビーフシチューをスプーンで口に運ぶ。一子と五歳違いなので、実は孝蔵より一歳年下だ。

「フランス料理は基本、炒め物はやらないからね。煮込むかオーブンか直火焼《じかびや》きで……」

「言われてみたら、そうねえ。フランス料理で炒め物って、食べたことないわ」

一子も肉野菜炒めを頰張《ほおば》った。強火で炒めた野菜は歯ごたえの良さを残したまま、熱い油と調味料にコーティングされ、旨味《うまみ》を増している。

「世界二大料理だけど、結構違うわよね。洋食は揚げ物やるけど、フランス料理って揚げ物と蒸し物はないでしょう？」

「ないわけじゃないけど、少ないなあ」

「おばちゃん、ご飯、お代わり」

「はい、はい」

兄嫁の鮎子《あゆこ》が高の茶碗《ちゃわん》を受け取り、大皿に盛ったチャーハンをよそった。元は銀座裏の花屋の店員で、ラーメンの出前に行った安彦が一目惚れして必死に口説いて結婚した。十年前のことだ。

「タカちゃん、そう遠くないんだし、たまには一人で遊びにいらっしゃいよ」

安彦と鮎子夫婦には子供がいないので、珊子と一太郎の孫は高だけだ。高が行けば、みんなで猫可愛《ねこかわい》がりしてくれる。

一子は食後のお茶を飲みながら、ふと珊子に尋ねた。

「お隣の跡には、やっぱり食べ物屋が入るのかしら？」

「どうかしらねえ。喫茶店なら居抜きで入れるけど」

「ほら、昔うちに入り浸ってた明正堂のバカ息子、今は不動産屋になって、お隣の売買を仕切るらしいわ」

「明正堂？　銀座の？」

鮎子が驚いたように、わずかに目を見開いた。

「そう。あそこの社長の三男坊。お嫂《ねえ》さんがうちに来る前、よくラーメン食べに来てたの。その頃は慶應ボーイで遊び人だったけど」

一子はそう言って孝蔵をちらりと見た。昔、エスポールで恒巳を圧倒した場面が蘇《よみがえ》り、思わずにやりと微笑んだ。鮎子が奇妙な顔で見ているのに気が付いて、あわてて笑いを引っ込めた。

風間紗栄子《かざまさえこ》はグラタンをフォークですくい、そろそろと口に入れた。和泉雅子によく似た大きな目がパチパチと瞬《またた》いた。

「英次さんのお店でいただいたグラタンの方が美味しかったわ」

そう言って、少し皿を前に押しやった。英次はフォークの行き先を、ポークソテーからグラタンへ変えた。

「これ、ベシャメルソースのバターをケチって、サラダ油を使ってるんだよ。だからソースにこくがないんだ」

「そうなの」

紗栄子は感心したように頷き、再びグラタンをすくった。実は猫舌なので熱い物は苦手なのだが、ホワイトソースを使った料理が好きだった。英次と二人で食事をするときは、遠慮なくフウフウ冷まして食べられるので、安心してグラタンを注文できる。

「あそこ、良いお店ね。庶民的なのに味は一流だわ」

「うん。だから親方の下で修業すれば、絶対に一流の料理人になれるって信じてる」

紗栄子は黙って頷き、口元をナプキンで拭《ぬぐ》った。

英次と紗栄子は同じ都立高校の先輩と後輩で、写真部に属していたことから親しくなった。進学校だったが英次は料理人を目指して専門学校へ進んだ。大きな玩具《おもちゃ》メーカーの末っ子に生まれたので、両親も英次の進路については鷹揚《おうよう》で、修業を終えて独立する際には店を持たせると約束してくれた。紗栄子は短大を卒業して丸の内の商社に勤め、会長秘書をしていた。

「でも、英次さんはフランス料理のお店を開くんでしょ？」

「うん」

「それじゃ、フランス料理のお店で働いた方が良いんじゃない？」

「親方はあの帝都ホテルで副料理長を務めていたほどの人だよ。そんじょそこらの料理人とはわけが違う。食材の下処理、ブイヨンの取り方、火の通し方、味加減……料理の基本は全部今の店で覚えられる。それを身につければ、あとはどんなメニューも自由自在さ。自分の店を持ったとき、今の修業が俺を上に引き上げてくれるんだよ」

料理と親方について語るとき、英次の目はキラキラと輝き、声は情熱的に弾んでくる。紗栄子はそんな英次が好きだったが、最近は焦《あせ》りと苛立《いらだ》ちを感じるようになった。

「ねえ、でも、もうそろそろ潮時《しおどき》じゃないの？」

紗栄子はまたしても言わずにはいられない。

「今の英次さんなら、独立して自分のお店を持っても十分やっていけるはずよ」

「紗栄子、前にも言ったじゃないか。俺はまだ親方の下で勉強したいことがある。闇雲《やみくも》に独立したって、お客が来なかったらそれまでだ。時期を待たないと……」

「それなら、私だって言ったはずよ。もうすぐ二十五になるのよ」

紗栄子は唇を噛《か》んでうつむいた。大手企業に勤める女子社員は結婚退社が不文律になっている。採用条件が両親と同居、自宅通勤になっている会社が多いのは、女子社員を男性社員の花嫁候補と見なしているからだ。その環境で二十五歳を迎えるのは屈辱以外の何物でもない。女性の結婚適齢期は「クリスマスケーキ」と揶揄《やゆ》されていて、二十五を過ぎたら完全な売れ残りなのだ。

紗栄子は顔を上げ、睨むように英次を見た。

「私、会長にお見合いを勧められてるの」

英次は息を呑《の》んで紗栄子の顔を見返した。

「相手は取引先の専務の息子さん。専務が何度か会社に見えて、私を息子さんの花嫁候補にしたらしいわ」

英次はコップを取り上げたが、中身が空っぽなのでそのままテーブルに戻した。

「……で、どうするんだ?」

「私の気持ちは知ってるくせに」

紗栄子はうっすらと涙を浮かべた。

「あなた以外の人と結婚するなんて考えられないわ。この話はお断りするつもりよ。でも、会長の紹介してくれた話を断ったら、会社には居づらくなると思うわ。だから、退職覚悟よ」

紗栄子の目に涙の粒が盛り上がった。

「でも、退職するなら結婚を理由にしたいの。お付き合いしている恋人と幸せな結婚をしましたって、みんなに見せたいのよ」

紗栄子はバッグからハンカチを取り出し、そっと目尻《めじり》を拭った。

「だけど、急に言われても、独立なんか無理だよ。予備知識ゼロの状態なんだから。何処に店を開いて良いかも分からないし……」

英次は狼狽《うろた》えていた。専務の息子と比べたら、食堂の従業員という身分ははるかに見劣りがする。今は断るつもりでいても、この先紗栄子の気持ちが変らないという保証はない。

「実は、候補があるの」

「え？」

紗栄子は英次の方へぐっと身を乗り出した。

「うちの叔父《おじ》の大学の同級生で、不動産屋さんになった人がいるの。この前叔父の家で偶然会って……」

紗栄子は知合いがフランス料理の店を開店しようとしているが、良い物件はないかと尋《たず》ねてみた。すると、銀座裏にうってつけの店があるという。

「老夫婦でやっている喫茶店なんだけど、引退するので店を売りに出すんですって。場所も良いし、大きさも手頃だし、元が喫茶店だからレストランに改装するのも便利じゃないかって言うのよ」

「いや、しかし、そう言われても……」

「ねえ、ここからそう遠くないわ。これから見に行きましょうよ」

「でも、もう閉まってるんじゃないかな。九時に近いし」

「あら、かまわないじゃない。表から覗けば、およその感じは分るでしょ?」

英次はいささかたじろいだ。あまりにも早手回しに話が進んでいく。

「ね、行きましょ!」

英次はほとんど紗栄子に引っ張られるようにして、銀座から木挽町へ歩いた。

そこは銀座裏の通りにある小さな古い喫茶店で、両隣にラーメン屋と婦人用品店が店を構えていた。用品店はシャッターを下ろしていたが、ラーメン屋と喫茶店はまだ開いていた。

二人はどちらからともなく「純喫茶　ランバン」と書かれたガラスのドアを押した。

「すみません、よろしいですか?」

「はい、どうぞ」

七十代に見える夫婦が愛想良く返事をした。

「閉店は何時ですか？」

英次が聞くと、髪を綺麗にアップにしたマダムが笑顔で答えた。

「九時半ですけど、お気になさらないで。もっと遅くまで開けてることもありますから」

「ありがとうございます」

英次と紗栄子はホッとして、ゆっくりと店内を見回した。

「ね、ここならテーブルと椅子を替えただけで、レストランになるんじゃない？」

「厨房は改装しなきゃならないと思うけど、でも、他は使えそうだな」

二人は声を潜《ひそ》めて感想を言い合った。

英次は紗栄子の気持ちに押されて店を見物に来ただけだったのが、実際にランバンに入ってみると、自分で切り回すには打ってつけの物件だと気が付いて、にわかに熱が上がった。

「ただ、昼間の感じも見てみたい。日曜の昼間に、もう一度来ないか？」

「ええ、良いわ」

紗栄子は英次がすっかり乗り気になってくれたので、自然と声が弾んだ。

「せっかくだから、ここを紹介してくれた不動産屋さんにも同行してもらいましょう」

運ばれてきたコーヒーカップを持ち、二人は乾杯の真似《まね》をした。

「この店はいわば青春時代の思い出が詰まってましてね。やたらな人には紹介したくなかったんだが、松方さんなら安心だ」

次の日曜日の昼下がり、時任恒巳はランバンで英次と紗栄子を相手に、商談を始めていた。

「恒巳さんの青春の思い出は、うちよりお隣さんでしょ」

コーヒーをサービスしながら、蘭子が混ぜっ返した。

「隣のラーメン屋の娘に一目惚れしましてね。通い詰めたんだが、トンビに油揚さらわれて一巻の終わり、でした」

英次は恒巳の話を聞き流しながら、頭の中であれこれ考えていた。

銀座裏という立地条件は、フランス料理店にとってかなり有利だった。それだけである程度の集客が見込める。周囲の環境も悪くない。古くから店を構える飲食店、ファッション小物の店が多いのは、固定客がいるからだろう……。

従業員はどうする？　この規模なら厨房は二人で何とかなるだろう。料理学校時代の後輩に声を掛けるか、広告を出して募集するか、どちらかだ。フロアは紗栄子が手伝うと言っているから、後はアルバイトを一人雇えば十分だ……。

ランバンを譲渡するに当たって提示された金額は、英次が父親から援助してもらえる金額の範囲内に収まっていた。これなら来週にも手付けを打とうと思った。まだ、孝蔵には伝えていないが、話せば分ってくれるはずだ……。

「せっかくだから、隣のラーメン屋で昼をご一緒にどうです？　なかなかいける味ですよ」

商談が一段落すると、恒巳は二人を宝来軒に誘った。

英次は宝来軒という名に聞き覚えがあったが、よくある店名なのでさして気にとめていなかった。はじめ食堂は日曜日は夜のみの営業なので、四時までに店に入ればよく、時間はまだたっぷりあった。

「こんにちは」

「いらっしゃいませ！」

暖簾《のれん》をくぐると威勢の良い挨拶《あいさつ》が返ってきた。

奥のテーブルでラーメンを食べている親子連れを見て、英次はぎょっとして立ちすくんだ。

「あら、英次君？」

一子が丼から顔を上げ、声を掛けた。続いて孝蔵も振り返った。

「奇遇だな」

「……奥さん、親方も」

恒巳が皮肉に唇をゆがめた。

「何だ、松方さんの勤め先って、そこだったんだ」

水を出そうとした鮎子が、さっと奥へ引っ込んだ。一瞬にして漂った気まずい雰囲気を察したのかもしれない。

「あの、後で店でゆっくり話しますので、これで」

英次はあわててそれだけ言うと頭を下げ、紗栄子を促して店を出た。

「じゃ、僕も退散するとしよう」

恒巳は引き返そうとして途中でくるりと振り向き、一子を睨んだ。

「相変わらず綺麗で何よりだ。所帯やつれして老け込んでたら、美しい青春の思い出に傷が付く」

そのまま英次たちの後を追うように、足早に店を出て行った。

「いい年なのに、まだカッコつけるの止《や》めらんないのよね」

一子は心の中で「バ〜カ」と言った。

一時間早く出勤した英次は、一子と孝蔵の前にこれまでの経緯《いきさつ》を打ち明けた。

「本当に申し訳ありません」

一子は隣に座った孝蔵の顔を見た。

「それは……おめでとうって言うべきなのかしら?」

最前から一言も口を挟《はさ》まず、腕を組んでじっと英次の話を聞いている。そして今、腕組みを解いて口を開いた。

「俺はお前の腕なら、独立してもちゃんとやっていけると思ってる」

英次はびっくりして小さく口を開けた。

「ほ、ほんとですかッ⁉」

孝蔵はしっかりと頷いた。しかし、その顔は曇っていた。

「だが、あまりにも急ぎすぎじゃないか？」

「……はい」

英次はうなだれた。自分でも良く分っていた。一生を決める大切な決断を、ほとんど何の準備もなく、いきなり下そうとしているのだ。無謀《むぼう》きわまりない。普段の英次なら決してこんな真似はしないだろう。しかし……。

「紗栄子さんに、あたしが会って話しましょうか？」

一子は優しく言った。

「英次君を好きなことは間違いないんだもの。後は気持ちの問題だけ。そりゃあ、あたしは丸の内のBGじゃないから、紗栄子さんの気持ちが分らないのかもしれないけど……。でも、人間、焦ってるときって、判断が狂ったりするでしょ？」

「はい」

一子の後を引き取って、孝蔵が念を押した。

「英次、とにかく手付けを打つのは少し待て。この話が本当に信用出来るかどうか、しかるべき筋に確かめてみる。それからでも遅くないだろう？」

「よろしくお願いします」

英次は二人の前に深々と頭を下げた。何故か、肩の荷を下ろしたような気持ちがした。

その夜、一子に電話が掛ってきた。

「あら、お嫂さん？」

珍しく、兄嫁の鮎子からだった。

「明日、お店、休みでしょ？　ちょっと会えないかしら？」

「ええ、良いわよ。私が銀座に行きましょうか？」

翌日の午後、二人は銀座七丁目のウエストで落ち合った。ドライケーキが有名な洋菓子店だが、喫茶室も昭和二十二年開店以来、静かで落ち着いた雰囲気を湛《たた》える高級店である。

鮎子は先に来て待っていた。一目でただならぬ様子が見て取れた。思い詰《つ》めているのか、顔色が青ざめ、頰が強張《こわば》っている。「どうしたの？」と尋ねることさえはばかられた。

「いっちゃん、お兄さんから私のこと、聞いてる？」

白い上着を着たボーイがテーブルにコーヒーを置いて去ると、鮎子は固い声で切り出した。

「聞いてるって言われても、おのろけばっかりよ。花屋さんの看板娘で一目惚れだったとか、用もないのに毎日通い詰めて花買って、半年目にやっとデートに漕《こ》ぎ着けたとか」

鮎子はふっと微笑んだ。何故だかとても哀《かな》しそうに見えた。

「安彦さん、優しいから……」

一度うつむけた顔をしっかり上げて、鮎子は低い声で言った。

「私ね、安彦さんと知り合う前、男にだまされて捨てられたの。お腹《なか》に赤ちゃんがいて……。でも、産めなかったわ。それで、私、子供が出来ないのよ」

一子は衝撃のあまり言葉が出なかった。そもそも、こんな重大な秘密をどうして自分に打ち明けるのか、その真意を計りかねた。

「安彦さんはすべて承知で、私を奥さんにしてくれたの。だから、私、あの人のためならどんなことでもするつもりよ」

鮎子は意を決したように、一度大きく息を吸い込んだ。

「私をだまして捨てた男は、あの時任恒巳よ」

「ええッ⁉」

一子は思わず高い声を出し、あわてて周囲を見回した。みな静かに話している客ばかりだ。

「慶應ボーイで、遊び人で、女の子にもてて……。今ならそんなものに何の魅力も感じないけど、あの頃は輝いて見えたわ。私、まだ十九だったから」

「お嫂さん……」

一子は何と言って良いか分からなかった。ただ、自分が愛する人の妹だから敢《あ》えて恥をさらしてくれたのだと、その思いだけはひしひしと伝わってきた。

「隣の店の仲介をしている不動産屋があいつだって知って、悪い予感がしたの。あいつが正直な商売をするとは思えないのよ。何か、悪巧みがあるような気がする」

一子は大いに同感した。

「昨日、お店を買おうとしているのが、いっちゃんの店の人だって分って、ますますいやな予感がしたわ。何の証拠もないけど、この話、私はやめた方が良いと思うわ」

「お嫂さん、本当にありがとうございます」

一子は額がテーブルにつくくらい低く頭を下げた。

「ご厚意は決して無駄にしません。今、孝さんもつてを頼って時任のこと、調べてるんです。絶対にシッポを出すはずです」

鮎子は安心したのか、柔らかな笑みを浮かべた。それを見ると、一子はおっちょこちょいでお調子者だと思っていた兄に、初めて尊敬の気持ちが湧《わ》いたのだった。

「たちの悪い金融業者と組んで、詐欺《さぎ》まがいの取引を重ねているらしい。銀行のブラックリストにも載っているそうだ」

数日後の夜、受話器を置くや、孝蔵は振り返って一子に告げた。電話の相手は四つ葉銀行頭取の勝田で、孝蔵の頼みで時任恒巳について調べてくれたのだった。

「詐欺まがいって?」

「先に土地の権利書だけ取り上げて転売するとか、代金を受け取ったまま姿をくらますとか、方法は色々らしい。俺も詳しいことは聞かなかったが……」

それだけ聞けば十分だった。

「やっぱり、時任はまともな商売する気なんかなかったのよ。ランバンのおじさんとおばさんにも教えてあげなきゃ」

翌日、一子は出勤した英次に調査の結果を報告した。

「そういうわけだから、この話は止めた方が良いわ」

「……分りました」

さすがに英次も青ざめていた。飲む・打つ・買うとは無縁で、ひたすら真面目《まじめ》に働いてきた自分が、まさか詐欺に巻き込まれようとは、夢にも思っていなかったろう。

夜、閉店時間になって紗栄子も店にやってきた。英次が呼んだのだった。

「この度は私の軽率な行動で、皆さんに大変ご迷惑をお掛けしました。何とお詫《わ》びしてよろしいか分りません」

紗栄子は英次と並び、一子と孝蔵の前に頭を下げた。事情はすでに電話で知らされたらしく、涙で目が赤かった。

「ご自分を責めることはありませんよ。英次さんを思ってなさったことですもの」

「それに、相手は詐欺師ですからね。素人《しろうと》をだますのはお手の物です。見破れなくたって仕方ありません」

英次は紗栄子をかばうかのように、ほんの少し前に出た。

「悪いのは俺です。紗栄子から喫茶店の話を聞かされたとき、後先も考えずに舞い上がってしまいました。俺がもう少ししっかりしていれば、紗栄子だって頭を冷やす時間があったと思います」

一子は孝蔵とちらりと目を見交わした。

英次と紗栄子はまことにお似合いのカップルに見えた。何より、互いを思いやっている姿が好もしい。

「あたしは女だから、紗栄子さんが結婚を急ぐ気持ちも何となく分ります」

一子は紗栄子と英次を等分に見て、先を続けた。

「でも、結婚って、先が長いんですよ。結婚式はスタートで、ゴールじゃないんです」

紗栄子は小さく目を瞬いた。おそらく、頭の中は結婚式で一杯で、それ以外見えなくなっていたのだろう。

「熱いときも、冷めたときも、ずっと二人で助け合っていかなきゃならないんですよ。だから目標を一つだけに決めると、後が大変」

一子はにっこり微笑んだ。

「お二人は若いから、目標が沢山あるでしょう？　全部達成できなくても、四捨五入して一つ上に上れば、成功ですよ」

すると、紗栄子は自分に言い聞かせるように呟いた。

「……熱いときも……冷めたときも」

そしてゆっくり頷くと、英次を見上げた。

「何だかグラタンみたいね。熱々でも、冷めても美味しいわ」

英次はぎゅっと紗栄子の手を握った。

一子も孝蔵の腕に腕を絡めた。ふと、遠いあの日、腕を組んで銀座の町をエスポールへ向かったときの気分が蘇った。

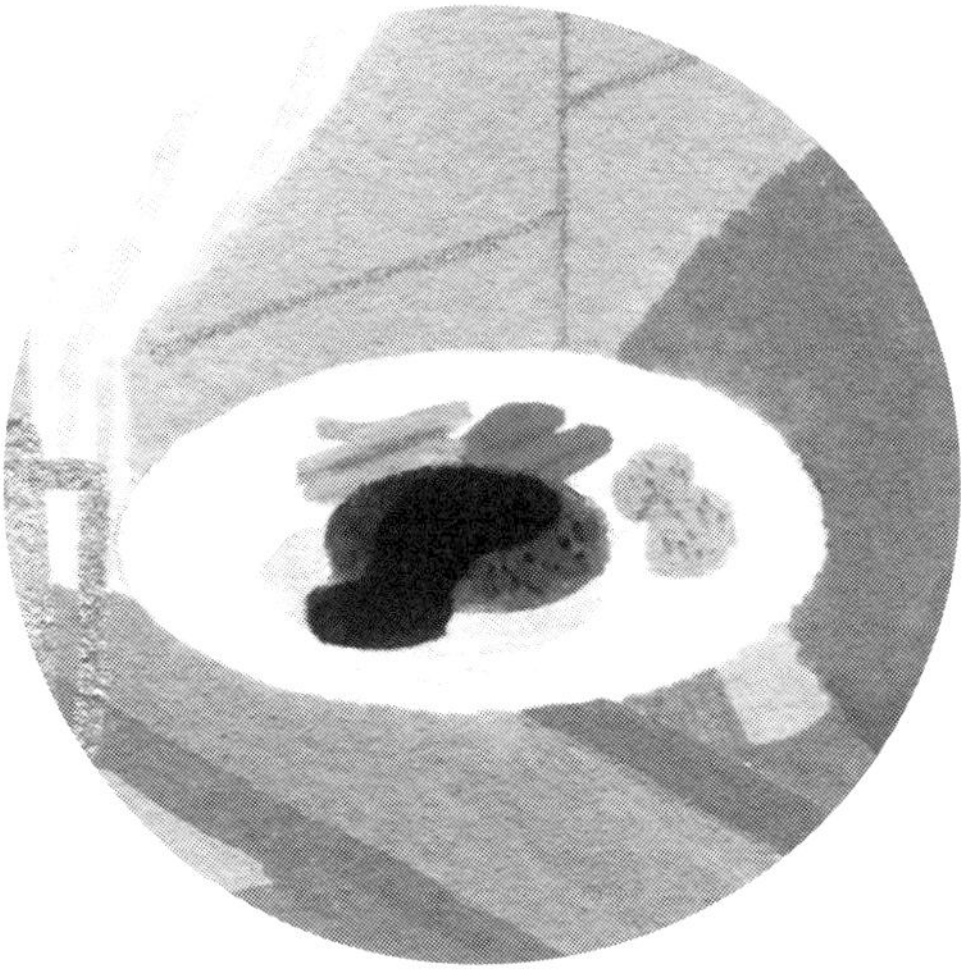

第四話

変身！ハンバーグ

森トンカツ　泉ニンニク　かーコンニャク　まれテンプラ　静かニンジン　ねむールンペン
ブルーブルー　ブルーシャトウ

学校帰りの子供たちが歌っている。

近年大流行のグループサウンズの中で、唯一《ゆいいつ》去年の紅白歌合戦に出場した「ジャッキー吉川《よしかわ》とブルー・コメッツ」のヒット曲「ブルー・シャトウ」の替え歌だった。子供たちにとっては本歌《もとうた》より面白いので、寄ると触ると歌い出す。

子供たちの歌声を遠くで聞きながら、一子《いちこ》は商店街から店に帰ってきた。

魚政で買ってきた鰆《さわら》を冷蔵庫にしまっていると、学校から戻ったばかりの高《たかし》が、二階からドドドッと階段を駆け下りてきた。

「遊んでばかりいないで、宿題やんなさいよ！」

「は～い」

これから友達と遊ぶことしか考えていない背中に、いつものように声を掛ける。毎度のことだ。

昭和四十三（一九六八）年三月の始め、はじめ食堂ではいつもの平和な日々が続いていた。


「やった！」

朝刊を読んでいた孝蔵《こうぞう》が興奮して大声を上げた。常日頃《つねひごろ》ものに動じない孝蔵にしては珍しいことだ。


「ナオが、三位になったんだ！」

孝蔵は社会面を上にして、一子に新聞を差し出した。

「ええと、三月十五日、フランスで行われたシャトーヌフ・ド・ランドン杯において……」

一子は紙面から顔を上げて孝蔵を見た。

「何、これ？」

「簡単に言えば料理のオリンピックだよ。南フランスのラングドック地方で四年に一回行われる。世界中のフランス料理の料理人が出場を目指している大会なんだ」

「あら、まあ」

「出場するだけだって大変な名誉さ。日本が参加を認められたのは昭和七年からで、確かロサンゼルス・オリンピックの年だった。戦争で中止になって、オリンピックと同時に復活したんだ」

その大変な大会で涌井《わくい》直行《なおゆき》が三位に入賞したというのだ。

「それはすごいわね」

「それどころじゃないよ。フランス人が歌舞伎《かぶき》に弟子入りして、大名題《おおなだい》に上り詰《つ》めたようなもんだ。西洋料理が日本に入ってきて百年足らずなのに、本場の料理人を抑《おさ》えて入賞したんだから」

孝蔵は感に堪《た》えたように頭を振った。

「奇跡だよ。審査員だってみんな西洋人なんだ。それで三位に選ばれたんだから……」

続く賞賛の言葉を探すように、孝蔵は大きく息を吸い込み、ゆっくりと吐いた。

「俺はナオは料理の天才だと思ってる。だけど、ランドン杯みたいな大きな大会で優勝するには、腕だけじゃダメだ。不測の事態だって色々起こる。それを上手《うま》くさばきながら、いつもの実力を出さなくちゃならない。機転も精神力も運も、全部要求されるんだ」

一子は孝蔵の言葉を聞きながら、徐々にその歓《よろこ》びを我が身に感じ取った。

「涌井さん、喜んでるでしょうねえ」

「ああ」

「日本に帰ってきたら、何かお祝いを贈りましょうか?」

「そうだな。そうしよう」

孝蔵は嬉《うれ》しそうに頷《うなず》いた。

その日の深夜のことだった。

「どろぼうッ!」

表から聞こえる叫び声に、一子は眠りを覚《さ》まされた。

「……なに？」

目をこすりながら枕元《まくらもと》のスタンドを点《つ》けたとき、孝蔵はすでに布団を飛び出していた。壁に掛けたジャンパーを羽織《はお》り、階段を駆《か》け下りて行く。

「孝さん、気をつけて！」

一子は起き上がって叫んだが、咄嗟《とっさ》のことで何をどうしたら良いか、思い浮かばない。取り敢《あ》えず電灯を点け、カーディガンを引っかけて、隣の部屋で寝ている高の元へ行った。騒ぎの中でも子供は寝入っている。

一子は押し入れを開け、高の野球道具入れからバットを引っ張り出した。そしてバットを握りしめ、入り口に向かって身構えた。泥棒が逃げ込んできたら応戦する気だった。

一方、通りに走り出た孝蔵は、路地伝いに月島方面へ走る黒い影を追いかけた。魚政の山手政《やまてまさ》夫《お》や辰波《たつなみ》酒店の辰波銀平《ぎんぺい》も後から走っている。

「政坊、裏へ回れ！」

「よしきた！」

銀平の指示で政夫は路地を左手に回り込み、逃げる泥棒を挟《はさ》み撃《う》ちにした。

「ちきしょう！」

街灯の明かりに照らされた泥棒はまだ若い男だった。追い詰められて逆上し、目が据《す》わっている。ポケットからナイフを出すと、威嚇《いかく》するように腕を突き出した。

「下がって！」

孝蔵は政夫と銀平に一声掛け、ジャンパーを脱いで左腕に巻いた。冷静に相手の動きを見極めて、相手の間合いに飛び込んだ。闇雲《やみくも》に振り回すナイフをジャンパーを巻いた腕でいなし、長い脚で脇腹にキックを見舞った。ひるんだ瞬間に右手首をとらえ、逆にひねった。泥棒はあっけなくナイフを取り落とし、情けない声を上げた。

「痛《いて》えな、放せよ！」

孝蔵たち三人は、そのまま泥棒を交番に突き出した。

近くの月島警察署から捜査員が駆けつけ、あれこれ事情を聴《き》かれたりしたので、やっと家に帰ったときは夜が明けかかっていた。

「孝さん！」

戸の開く音を聞きつけて、一子はバットを握ったまま階段を駆け下りた。

「何だ、その格好？」

「もう、心配したんだから！」

一子は孝蔵の胸に飛び込んで、やっと安堵《あんど》のため息を漏《も》らした。

盗みに入られたのは、同じ佃大《つくだ》通りに店を構える「おたふく」という居酒屋だった。永井八十《ながいやそ》助《すけ》・明子《あきこ》の中年夫婦と通いの従業員の三人でやっている小さな店だ。娘は嫁に行き、息子は就職して職場の近くに部屋を借りて住んでいる。だから閉店後、富《とみ》さんという従業員が帰ってしまうと、家は夫婦二人きりになってしまう。

泥棒は裏口のガラスを破って鍵《かぎ》を開けて侵入し、売上金の入った手提《てさ》げ金庫を持ち出そうとしたところ、手洗いに起きた明子に見つかって騒がれた。

気の毒なことに明子は顔を殴《なぐ》られて目尻《めじり》を切り、二針縫った。命に別状はないが、ショックで寝込んでしまった。

犯人は月島の町工場の工員で、月に何度か店に来る客だった。競馬で給料をすった上に借金もあり、切羽詰《せっぱつ》まっていた。付近の飲食店を物色した上で、おたふくなら中年夫婦の二人暮らしだから見つかっても反撃される恐れはないと踏んで、犯行に及んだのである。

事件の翌日、おたふくの主人の八十助と息子の照彦《てるひこ》、嫁に行った娘の和子《かずこ》がはじめ食堂に挨拶《あいさつ》に来た。和子は妊娠中で、すでに臨月が近いようだった。

「この度はとんだご迷惑を掛けました」

深々と頭を下げ、持参の菓子折を差し出す三人に、孝蔵も一子もかえって恐縮した。

「とんでもない。お宅こそとんだ災難で、お気の毒でした」

「奥さんの具合は如何《いかが》ですか？」

「はあ。傷はたいしたことないんですが……」

「ご近所の中で、特にうちだけが狙《ねら》われたっていうのが、ショックみたいなんです。今も怖《こわ》がっていて……」

「そうでしょうねえ」

「心細くて、夜もおちおち眠れないって言うんです」

一子は大いに同情し、ふと思いついた。

「あのう、しばらくの間、照彦君がお帰りになったら如何でしょう？　息子さんが一つ屋根の下にいれば、奥さんも安心だし」

照彦は高校卒業後、店を継ぐのを嫌がってサラリーマンになった。そのことで悶着《もんちゃく》があり、以来一度も帰ってきたことがない。

照彦は露骨《ろこつ》に迷惑そうな顔をした。八十助は苦々しげに押し黙っている。その傍《かたわ》らで和子も気まずそうにうつむいている。

「僕は勤めがありますから……」

照彦は誰とも目を合わせないように下を向き、ぼそりと言った。

「こいつ、出て行くときに二度と親の家の敷居《しきい》はまたがないって抜かしやがったんですよ」

八十助はじろりと照彦の横顔を睨《にら》んだ。

「永井さん、場合が場合ですから、それはひとまず置きましょう」

孝蔵が八十助を制すると、一子も照彦に顔を向けた。

「少しの間、用心棒代わりにお母さんの側《そば》に居てあげたら?」

「そうよ、お父さん。兄さんも」

援軍を得て、和子はここぞとばかりに声を強くした。

「お母さん、参ってるのよ。兄さん、お母さんが元気になるまでで良いから、家に帰ってあげて。何しろあたしはこんな身体《からだ》だから、手伝いもろくに出来ないし」

一子も説得に乗り出した。

「ねえ、照彦君、お母さんのために一肌《ひとはだ》脱いでおあげなさいな。男の独り身なら荷物だって少ないし、身軽なもんでしょう?」

「僕、勤めが三ノ輪《みわ》なんで、ここからだと通うのが不便だから」

照彦は頑《かたく》なな表情のまま答えた。

「三ノ輪なら、築地から日比谷線で一本でしょ。それほど時間は掛らないんじゃないの?」

地下鉄日比谷線は昭和三十六(一九六一)年に南千住《みなみせんじゅ》〜仲御徒町《なかおかちまち》間が開通した後、東京オリンピックに向けて突貫工事が行われた。北千住〜中目黒間が全線開通したのは、それからわずか三年後のことだった。

「奥さん、もう良いです」

八十助は押し黙っている息子の姿に業を煮やし、吐き捨てるように言った。

「まさか、こんな頼り甲斐《がい》のない野郎だとは思わなかった。あたしも腹が決まりましたよ」

「お父さん……」

和子はおろおろと宥《なだ》めようとしたが、八十助は怒りで顔を赤くしたまま、再び頭を下げた。

「それじゃ、一《にのまえ》さん、奥さん。本当にありがとうございました」

そして頭を上げると、さっさと店を出て行った。和子もペコペコとお辞儀をして、父の後を追った。照彦もむっつりと礼をして二人に続いた。菓子折をまだ二つ抱えているのは、これから魚政と辰波酒店にも挨拶に回るのだろう。

孝蔵と一子はどちらからともなく顔を見合わせ、やれやれとため息を吐《つ》いたのだった。

「親方、警察で表彰されるって、魚政さんが言ってましたよ」

午後の仕込みに掛ると、厨房《ちゅうぼう》は再びその話題になった。

「すごいな。きっと新聞に出ますよ」

「俺も見たかった、親方の立ち回り。日活アクション映画みたいだったたって、酒屋のおじさんが言ってました」

日室真也《ひむろしんや》も西亮介《りょうすけ》も興奮気味に口々に言う。近所一帯、寄ると触ると昨夜の大立ち回りが話題になるので、はじめ食堂に勤める三人の従業員も、出勤するやすぐに事件の顚末《てんまつ》を知ってしまった。

「でも、ちょっと無鉄砲よ。刃物を持っている相手を捕まえるなんて。怪我《けが》がなかったから良いようなものの、一歩間違えたらどうなっていたか……」

一子はちらりと孝蔵を見た。本当に無事で良かったと思う。

「分ったよ。今度から気をつける」

孝蔵はいたわるように優しく答えた。しかし一子にしても、日活アクション映画張りだったという孝蔵の活躍をこの目で見たかったと、ちょっぴり思うのだった。

その翌日の夜、はじめ食堂にやってきた山手政夫が、開口一番報告した。

「おたふく、今日から店開けてるよ」

「まあ、そう」

政夫はお見舞いがてら、早速顔を出してきたという。

「おかみさんは目の上に絆創膏《ばんそうこう》を貼《は》ってたけど、元気そうだった」

「娘さんの話じゃ、だいぶ参ってるってことだったけど？」

「富さんがしばらく泊まり込んでくれるらしいよ」

富さんこと長谷部富雄《はせべとみお》は、十年以上おたふくで働いている。三十半《なか》ばだが、まだ独身だった。

「そりゃ良かったこと。富さんなら気心も知れてるし」

「遠くの息子より近くの他人だな」

政夫はビールとメンチカツを注文し、最後に付け加えた。

「シメは特製オムライスで」

新聞には四月十二日にオープンしたばかりの霞《かすみ》が関《せき》ビルの記事が載っていた。地震国日本に初めて誕生した超高層ビルで、地震の揺れや風圧を受け流す柔構造理論が話題になった。いや、それ以上に世間の注目を集めたのは、地上三十六階地下三階、高さ一四七メートルに達する建築の偉容だろう。そんな高くそびえるビルディングなど、誰も見たことがなかった。

「ねえ、今度霞が関ビルに連れてってよ」

傍らで高がせがんだ。基本はオフィスビルだが最上階は展望台になっていて、一般人も利用することが出来た。

「行ったって何もないわよ。景色見るだけなら東京タワーで十分だわ。霞が関ビルじゃ、喫茶室のコーヒーが一杯千円もするって言うじゃないの」

当時、普通の喫茶店のコーヒーは一杯百円ほどだった。

一子は新聞をめくって家庭欄をひろげた。

「あら……」

そこには白衣にコック帽姿の涌井直行と、四十半ばのお洒落《しゃれ》な男の写真が載っていた。紹介文を読むと「音楽評論家・有村俊玄《ありむらとしはる》氏」と出ている。

二人は日本におけるフランス料理の来《こ》し方《かた》行く末について対談していた。当然ながら有村は、世界的な料理コンクールで三位に入賞した涌井の功績を讃《たた》え、これで日本のフランス料理界は一気に三十年も進歩した、と持ち上げていた。

一子の知っている涌井は、子供のように素直で純真なところがあり、口下手ではにかみ屋だった。しかし、新聞紙上では控えめながらもきちんと自分の意見を述べていた。その胸に下がるランドン杯の銅メダルが、やけに立派に見えた。

一子は新聞をたたんで畳《たたみ》に置いた。

帰国以来、涌井は引っ張りだこで、新聞や雑誌、テレビで見ない日はないほどだった。一昨年からテレビの料理番組にレギュラー出演しているが、それ以外に特集番組や対談番組にも引っ張り出され、女性誌はこぞって涌井の作る料理をグラビアに載せたがった。

そんな中でも孝蔵が送った祝いに対しては律儀にお礼の電話があり、警察から逮捕協力で表彰された後は、帝都ホテルで作っているパウンドケーキを送ってくれた。

涌井さん、大変だろうな……。

世間からこれほど注目され、評価されるのは料理人として名誉であり、めでたいことには違いないのに、何となく自分の知っている涌井とマスコミに登場する涌井の間に大きな溝《みぞ》が出来たような気がして、手放しで喜ぶのがためらわれるのだった。

そのようなことをちらりと考えながらも、慌《あわ》ただしく時は過ぎて行った。

気が付けば季節は夏になり、七月が目の前に迫っていた。

「郵便番号なんて、どうしてこんな面倒くさいもの始めるのかしら？　普通に住所を書けばすむことなのに」

一子は誰に言うともなく愚痴《ぐち》をこぼした。

近所のたばこ屋で買った新しい官製葉書には、郵便番号用の枠が印刷されていた。この年の七月から郵便番号制度が実施され、宛先《あてさき》とは別に三桁《けた》か五桁の数字を記入するようになった。これは郵便物の分類業務を簡便化するために採用されたので、利用者側にはさほどありがたみがなかった。

「まったく、役人のやることなんて役に立った例《ためし》がないわ。町名は全部変えちゃうし」

東京オリンピックを契機に、昔ながらの趣のある地名が味も素っ気もない記号のような名称に変更されたことが、一子はいまだに腹立たしい。東京東部を流れる川を片っ端から埋《う》め立てて暗渠《あんきょ》にしてしまったのも頭にきているし、日本橋の上に高速道路を架《か》けるに至っては、天を恐れぬ所業としか思えない。

茶の間の戸棚に葉書をしまったとき、勝手口を遠慮がちに叩《たた》く音がした。今日は月曜日で食堂は休みなので、表はシャッターを下ろしているのだ。

「は〜い」

階段を降りて勝手口の戸を開けると、おたふくのおかみの明子が立っていた。

「奥さん、あの、ご主人は？」

「今、息子とお風呂《ふろ》に行ってるんですけど……」

一子は明子が心労のあまり病人のようになっているのを見て、後の言葉を飲み込んだ。

「とにかく、入ってください。どうぞ」

一階は閉め切って暑いので、一子は二階の茶の間へ通した。

「麦茶でも……?」

「いえ、かまわないでください」

明子は大きく手を左右に振った。

「何か厄介《やっかい》なことでも?」

「あたし、もう、どうして良いか分らない」

言うなり、明子は両手で顔を覆《おお》った。

一子は余計なことは言わずに黙って待った。二、三分で明子はすすり泣きを止《や》め、前掛けで目頭を拭《ふ》いて洟《はな》をすすった。

「亭主と倅《せがれ》が……大変なんです。照彦は裁判を起こすって」

「裁判ですか?」

一子を始め佃の住人には裁判など無縁で、テレビドラマの「ペリー・メイスン」くらいしか思い浮かばない。

「それは、穏やかじゃありませんねえ」

「まったく、亭主も分らず屋だけど、あの子もあの子ですよ。実の親を訴えようなんて」

「いったい、何があったんです？」

明子は自らを落ち着かせるように、ごくんと唾《つば》を飲み込んだ。

「うちの人、店の権利を富ちゃんに譲《ゆず》るって言い出したんです。照彦は頼りにならない、薄情だって」

「この前の泥棒の件ですね？」

明子は大きく頷《うなず》いた。

「元々そりの合わない親子ではあったんです。照彦は子供の頃《ころ》からうちの商売が嫌いでした。酔っ払い相手に率の悪い商いをしてるって……。うちみたいな店じゃ、ツケを溜《た》めて、踏み倒されることだってありますからね」

一子は同情を込めて頷いた。確かに洋食屋の客は現金払いだが、居酒屋にはツケで飲む客もいる。それを断ったら常連が育たないという面もあるのだ。

照彦が高校在学中、八十助は一度おたふくを継ぐ気はないかと打診した。照彦は「冗談じゃない、あんな店！　反吐《へど》が出る！」と言い放ったという。

「あの子は酔っぱらいが嫌いで、お酒は一滴も飲みません。だから、元々うちの商売に向いてないのは分ってたんです。店だって、ありきたりのちっぽけな居酒屋で、人様に自慢できるほどのもんじゃないですよ。でも、あたしたちだって三十年近く必死で働いて、一生懸命守ってきた店なんです。それをあんなに悪《あ》し様《ざま》に言われたら、うちの人が怒るのは当たり前です」

「その通りですよ。親子の間だって、言って良いことと悪いことがありますよ。その店のお陰で無事に大きくなって、高校も卒業出来たんじゃありませんか」

高校生になればそのくらいの分別はあるはずだった。分っていて、敢《あ》えて父親を傷つけるようなことを言ったのだろうか？

「富ちゃんは最初はアルバイトで雇った子なんですけどね。この仕事が性《しょう》に合ってるみたいで、客あしらいも良いし、仕込みも一生懸命やるし、自己流のつまみ作ったりして……。この頃は亭主に代って板場に立つことも多いんですよ」

明子はいくらか表情を和《なご》ませた。

「泥棒騒ぎの翌日もすぐに病院に駆けつけてくれましてね。当分自分が店で寝起きして用心棒の役をするからって申し出てくれて……お陰でどれだけ心丈夫だったか分りません」

そりゃそうだろうな……と、一子は頷いた。

「それで、亭主も思うところがあったんでしょう。将来は店を富ちゃんに譲るって言ったんです」

「まあ……」

一子は泥棒騒ぎの後の、照彦の態度を思い出した。実の母親がショックで参っているというのに、四の五の理屈を付けて、ほんの半月かひと月の間さえ家に戻るのを拒《こば》んだのだ。そんな薄情な息子より、気心の知れた親切な富ちゃんに店を譲った方がマシではなかろうか？

「でもねえ……」

明子はそこで再び顔を曇らせた。

「何と言っても照彦は血を分けた息子ですからねえ。それを差し置いて赤の他人にすべてくれてやるというのは、やっぱり筋が違うような気がするんですよ」

「……確かに、それも一理ありますよねえ」

一子もつい考え込んでしまった。

「そうだ。それで、裁判というのは？」

「あの子、会社の弁護士に相談したみたい。そこで知恵を付けられたんですね。遺留分とか言う権利を持ち出して……」

遺留分とは、簡単に言えば財産の持ち主の妻子に認められた遺産相続の取り分のことである。当時の民法では妻が相続分の三分の一、子供が三分の二なので、八十助の家の場合、遺産は妻の明子と二人の子供が三分の一ずつ相続することになる。

「その三分の一の権利を裁判で主張するってわけですか？」

「そうみたいです」

「平たく言えば、三分の一よこせってことですよね？」

明子の口調が更に重くなった。

「財産って言ったって、うちにはお金なんかありません。店と家しかないんです。お金で払うためには売るしかありません。そうしたら、商売なんか出来やしない」

こみ上げる感情を抑《おさ》えられず、語尾が震えた。

「そんなこと、照彦だって分ってるはずなのに。血を分けた親子の間で、どうしてこんなことになっちまうんだか……」

明子がわっと泣き出しそうで、一子はあわてて宥めに掛った。

「おかみさん、大丈夫ですよ。ずっと先の話じゃありませんか」

「それはそうなんですけど」

明子はグスンと洟をすすり上げた。

「すっかり家の中がギスギスしちまって。気の毒に、富ちゃんも居心地悪そうで、遠慮してるし。もう毎日、やりきれないんですよ」

「おかみさん、ここが我慢のしどころですよ。今はご主人も照彦君も、お互い意地になってるんです。もう少し時間が経《た》てば、気持ちも変ってくるんじゃないでしょうか」

「……そんなもんでしょうかねえ」

明子は諦《あきら》めたように暗い声で言った。

一子は孝蔵以外誰にも、永井家のゴタゴタを話さなかった。言うまでもなく、孝蔵はそんな話を他言するような男ではない。

しかし、それからほどなく、店の権利を巡って父と息子が争っているという噂話《うわさ》は、近所中に広まってしまった。

「いやだわ。どうしてかしら？　私、誰にも言ってないのに」

カウンターに陣取った政吉・政夫親子の前に醤油《しょうゆ》風味のカルパッチョの皿を置き、一子はぼやいた。

「いっちゃん、悪い噂ほどあっという間に広がるんだよ。ほら、中国のことわざにそういうのがあったろう」

政吉の隣に座った辰波銀平が言った。

「悪事千里を走る？」

「そう、それ」

銀平は孝蔵が築地で仕入れてきた岩牡蠣《いわがき》を肴《さかな》に日本酒を冷やで飲んでいた。酒屋の店主らしく「日本酒は和・洋・中、すべての料理に合う」というのが持論で、自分が飲みたいがために、はじめ食堂に地方の銘酒を安く卸しているほどだ。

「やっぱり牡蠣には日本酒《これ》だよ。フランス人が白ワインで生牡蠣食ってんのは、日本酒を知らねえからさ」

銀平は牡蠣をツルリと口に滑らせ、グラスの酒を一口含むと、感に堪えたように言った。

「でもさあ、親父《おやじ》さんがまだ生きてんのに、遺産よこせはないだろう？」

政夫が腑《ふ》に落ちない顔をした。父の政吉と共に銀平に倣《なら》って日本酒を飲んでいる。

「生前贈与とか言うんだよ。確か、余分に税金取られるんだった」

「じゃあ、損じゃん」

「それでも親父が亡くなって、全部富ちゃんに持ってかれるよりはマシだろう」

黙って聞いていた政吉が顔をしかめた。

「阿漕《あこぎ》な話じゃねえか。それが息子のやることかね」

「親父は孝行な息子を持って良かったろう」

政夫が混ぜっ返し、カルパッチョを口に運んだ。

「俺、オムレツとサーモンステーキください」

「孝さん、俺のは鮭《さけ》を塩焼きにしてくんな」

政吉がカウンター越しに孝蔵に声を掛けた。今では先代の寿司屋《すしや》の頃と同じく、ちょくちょく店に来てくれるが、純粋な洋食ではなく、和風にアレンジした料理を食べたがる。孝蔵も政吉の好みを承知して、快く注文に応じていた。

「おたふくさん、ずっとゴタゴタが続いてるんですか？」

一子が尋ねると、銀平が訳知り顔で頷いた。

「親子ってのは一度こじれると、他人より厄介なんだよ」

おたふくにも酒を卸しているので、事情通なのだ。

「あれじゃ富ちゃんも気の毒だ。あんな小さな店で親子のいがみ合いを見せられちゃあ、居辛《いづら》くてたまんないよ」

「照彦は元々親父と上手く行ってなかったんだよ。中学生のとき、浮気がバレて家庭騒動になったらしくて、いまだにそれを根に持ってるんだな」

「あら、初耳だわ」

一子は思わず身を乗り出しそうになり、あわてて自分を戒《いまし》めた。

いけない、いけない。よその家庭の事情に首を突っ込んだらダメ！

「あれは別に浮気じゃないだろ。亭主と死に別れて子供抱えて苦労してるって、幼馴染《おさななじ》みに泣きつかれてさ、しょうがないからいくらか都合してやっただけで」

銀平が口を挟むと、政夫は得意気に解説した。

「あの時、照彦は自転車が壊れたのに新しいのを買ってもらえなくて、腐ってたんだよ。ほんとのとこは知らないけど、照彦の中じゃ、自分の自転車の金で親父が女に貢《みつ》いだって筋書きが出来上がってるんだ。どうしようもないさ」

「どうにもややこしいな」

「でも、おじさんとこは安心じゃない。悠平《ゆうへい》は素直だし、ちゃんと跡継いでくれるんでしょ？」

「分んねえよ。まだ小学生だしな」

悠平は三人目にやっと授かった銀平の長男で、高より一つ年下の小学校四年生だ。

銀平はグラスを片手にメニューをざっと眺めた。

「ハンバーグ。……孝さん、ソース、デミグラじゃなくて、大根おろしとポン酢って頼める？」

「はい、結構ですよ」

孝蔵がにこやかに答えたとき、入り口のドアが開いて身体《からだ》の大きな客がのっそり入ってきた。

「いらっしゃいませ」

一子は入り口を振り返って、小さく声を上げた。

「まあ、ようこそおいでくださいました」

客は涌井直行だった。空席を探すように周囲を見回している。

「さあ、どうぞ、こちらへ」

一子は一つだけ空いていたテーブル席を勧《すす》めたが、涌井はちらりとカウンターを見て「よろしいですか？」と尋《たず》ねた。一人で四人掛けの席へ座るのを遠慮したらしい。

「もちろんですよ。どうぞ」

一子は相変わらず謙虚な涌井の姿勢に感心した。同時に、少し痩《や》せたような気がした。ふっくらしていた頬が締まって見える。テレビは実物より肥って映るというから、そのせいだろうか？

「すみません、失礼します」

涌井は先客に挨拶して、政夫の一つ置いた隣の席に腰掛けた。

「来てくれてありがとう。忙しいのに、わざわざすまないな」

孝蔵がカウンターから顔を覗かせると、涌井はパッと目を輝かせた。

「こちらこそ、ご挨拶が遅れまして」

そして、ぐるりと店内を見回してしみじみと言った。

「良いお店ですねえ。とても居心地が良い」

「ありがとう。気取らない店だから。で、何食べる？」

「そうだなあ……」

涌井はメニューを開いて上から順に眺めていった。その様子は昔、エスポールで孝蔵とメニューの相談をしていたときとよく似ていた。

一子は涌井の前に水のコップとおしぼりを置いた。

「ごゆっくりお考えください。今日は、もうお仕事はないんでしょう？」

「ええ。だから、お腹《なか》ペコペコです」

涌井は嬉しそうに尋ねた。

「ここは何が美味《おい》しいですか？」

「ぜんぶ」

二人は同時に小さく笑った。

「それじゃ、お任せでお願いします」

「はい、ありがとうございます。お飲み物は？」

「う～ん、どうしよう？」

「お暑いから、ビールにしますか？」

一子は涌井のグラスにビールを注《つ》いだ。最初の一杯はサービスでお酌することにしているのだ。

「新聞読んだら、ずいぶんと大捕物だったみたいですね」

鼻の下に白い泡を付けたまま、涌井は言った。

「びっくりしたでしょう？」

「それほどでもないです。兄さんなら当然だと思いますよ」

「昔から喧嘩《けんか》、強かったの？」

「そりゃもう」

「見たことある？」

涌井は首を振った。

「強い人は喧嘩しないから」

一子はまた吹き出した。

「それじゃ、分らないじゃない」

涌井は笑顔で首を振った。

「分るんですよ、何となく」

カウンター越しにそんなやりとりを聞きながら、英次《えいじ》と真也は緊張でガチガチになっていた。

帝都ホテルの料理長であり、今や世界的な名シェフの仲間入りをした人物がすぐ近くに居るのである。

そんな二人を奇異な思いで眺めながら、亮介は大根をおろし始めた。料理の世界に飛び入りで入った亮介には、帝都ホテルもランドン杯も、遠い世界の出来事だった。

「ほら、肩の力を抜く。いつも通りで！」

孝蔵は二人の肩をポンと叩き、フライパンを手に取ると、カウンターの向こうの政吉に声を掛けた。

「おやじさん、鮭にも大根おろしとポン酢付けましょうか？」

「ああ、そうしてくれ」

オムレツ、サーモンステーキ、鮭の塩焼き、ハンバーグステーキが次々と出来上がり、カウンターに運ばれてきた。政吉親子も銀平も、美味《うま》そうにもりもり食べ、日本酒のグラスを干した。

涌井は珍しそうにハンバーグにたっぷり盛られた大根おろしとポン酢を眺めている。

「どうぞ」

孝蔵がカウンターから直接涌井に皿を差し出した。料理はメンチカツだった。

「せっかくだから、洋食屋ならではのメニューを喰《く》ってってくれ。この後、うちの特製のオムライスを出すから」

「ありがとうございます」

メンチカツは簡単に言えばハンバーグのフライだ。はじめ食堂ではハンバーグと同じく、タマネギは生と炒《いた》めたものを半々に混ぜ、通常のつなぎに使う卵とパン粉の他に日本酒、生姜《しょうが》とニンニクのみじん切りを隠し味に加えている。

真ん中をナイフで切ると、合挽肉《あいびき》の中から熱い透明な液体が泉のように湧き出して、皿に滴《したた》った。肉とタマネギから溢《あふ》れる汁に良質の揚げ油と諸々《もろもろ》の隠し味が加わった濃縮スープだ。軽く嚙《か》んだだけで、様々な味と食感が一つに溶け合って、メンチでしか味わえない旨《うま》さが口いっぱいに広がる。

涌井は一口食べて、たちまち相好を崩した。

「良かったら、こちらも試してください」

一子は小鉢《こばち》に盛ったおろしポン酢を脇《わき》に置いた。

「揚げ物には何でもおろしポン酢が合うって、こいつが発見したんだ」

カウンターの中から孝蔵が一子を指さした。

「へえ、どれどれ……」

涌井はおろしポン酢を載せた一切れを頬張って、またしても赤ん坊のような笑顔になった。

「これは良いなあ。絶対にご飯に合う」

「涌井さん、白いご飯あげましょうか？　その分、オムライスのご飯、減らしますから」

「ええ、是非」

涌井は皿に三分の一ほど盛ったご飯を食べながら、メンチカツを完食した。一子お手製の糠漬《ぬかづ》け……白瓜《しろうり》とナスとキュウリの盛り合わせは、半分残した。

「残りはオムライスと食べたいんで。ご飯にはやっぱりガッコですよ」

「ガッコって？」

涌井はちょっと恥ずかしそうな顔をした。

「あ、漬け物のことです。秋田じゃガッコって言うもんで」

「そんなら食べたことあるわ。燻《いぶ》りガッコ。あれは沢庵《たくあん》の燻製《くんせい》よね？」

そんなやりとりを続けているうちに、特製オムライスが出来上がった。縦にナイフで切れ目を入れると、チキンライスの上のオムレツがトロリと崩れ、黄色い溶岩のように流れ落ちて仄赤《ほのあか》いライスを覆い隠した。

「これは素晴しい。普通のオムライスより豪華ですね」

それを聞いて、政夫がチラリと得意そうな顔をした。

「お隣のお客さんのリクエストで誕生したんですよ」

一子は苦笑しながら説明した。

「そりゃあ、本当に素晴しい」

涌井はオムライスに目を落とした。

「お客さんと料理人の気持ちが通じ合うからこそ、美味しい料理が生まれて、良い店が出来るんですねえ」

しみじみとした口調だった。そして、どこか寂《さび》しそうでもあった。

「今日はごちそうさまでした」

涌井が食事を終えて立ち上がると、孝蔵はカウンターから出てきて前に立った。

「だいぶ忙しいみたいだけど、身体は大丈夫か？」

「まあ、何とか」

「俺で役に立つことがあったら手伝うよ。遠慮しないで言ってくれ」

「ありがとう、兄さん。また来ます」

涌井は二人に見送られて、店を出て行った。

「何だか元気がなかったな。どうしたんだろう？」

孝蔵が心配そうに呟《つぶや》いた。

一子もまったく同感だった。


暦は八月に変ったが、佃ではおたふくの冷戦が依然として続いていた。

「もしかして、他人事《ひとごと》じゃないかもしれない」

昼の営業が終わって賄《まかな》いを食べているとき、真也が言い出した。

「僕もうちを継いでないし」

真也の家は浅草で日本料理屋を営んでいる。一人息子なので、本来なら親の店を継ぐはずだったが、料理学校時代に洋食の魅力に惹《ひ》かれ、フランス料理を志すようになった。そして結局親と喧嘩して家を飛び出し、とんかつ屋で働いてからはじめ食堂で洋食の修業をしているのだった。

「僕はフランス料理で身を立てるって誓った以上、親の店を当てにするつもりはないけど、店には長く働いてる職人もいるから、親父はヤキモキしてるかもしれないです」

真也の親の店も借店舗ではなく、自宅を兼ねていた。

「親父が弟子に店を継がせたくても、息子がいるから相続のとき問題が起きるんじゃないかって、心配しているかもしれない」

孝蔵も神妙な顔になった。

「難しい問題だよな。俺のとこは親父とお袋だけになったから、すんなり店を受け継いだけど、弟子がいる時代だったら、こうはいかなかっただろう」

孝蔵の父貞蔵は、かつては何人か若い寿司職人を雇っていたが、六十歳を過ぎてからは新しい職人を雇わなくなった。そして脳梗塞《のうこうそく》で倒れる前に、すべての職人は独立して店から巣立っていった。今となってはそれも不幸中の幸いだったと言える。

「でも、まだ先の話じゃない。真也君のところも、おたふくさんも、ご主人が元気なんだから」

「そりゃそうだ」

「真也君も、一人前になって独立してから考えたって遅くないでしょ」

「そうですよね」

英次は同意して、からかうように真也を見た。

「その前に、まず彼女を見つけないと」

「英次君は自分がいるもんだから……」

真也も英次を冷やかしたが、途中で気が付いたように言葉を切った。

「そう言えば、涌井シェフは奥さんいるんですか？」

「ううん、まだ」

一子は何の気なしに答えてから、涌井が孝蔵より一歳下、つまり今年四十歳であることに気が付いた。

「珍しいですね。料理人は普通結婚が早いもんだけど」

「そう言えばそうよね。どうして奥さんをもらわないのかしら？」

「あいつは料理一筋なんだよ。それに口下手で引っ込み思案だし」

「でも、すぐにゴールインするんじゃないですか？」

真也の言葉に英次も大きく頷いた。

「何しろ今や日本を代表するシェフですからね。きっと今頃、自薦他薦の候補が押し寄せてますよ」

涌井のためにそうあって欲しいと、一子も心から願ったのだった。

翌日の午後、はじめ食堂が午後の仕込みに入って間もなく、おたふくの明子が泣きそうな顔で飛び込んできた。

「奥さん、孝さん、どうしよう……富ちゃんが辞《や》めるって！」

一子は明子のそばに駆け寄った。

「おかみさん、落ち着いて」

「昨夜照彦が来て、またうちの人とやり合ったの。それで富ちゃん、もうこれ以上ここには居られないって」

明子は前掛けで顔を覆った。

一子はその肩を抱いて慰めながら、厨房の孝蔵を見遣《みや》った。

孝蔵は頷き、包丁を置いて出てきた。

「すぐ戻るから、ちょっと頼む」

厨房の英次たちに言うと、前掛けを外して一子に目で合図した。

「大丈夫ですよ。話せば分ります。うちの人も行きますから」

孝蔵を先頭に、三人はおたふくに向った。

おたふくでは八十助が困り切った顔で長谷部富雄と向き合っていた。

「なあ、富雄、考え直してくれよ」

「もう耐えられないんです」

富雄はうつむいていた。小柄で声も小さい。人の好《よ》さそうな顔だが、ある意味気が弱そうでもあった。

「俺が、まるでおやじさんをだまして店を乗っ取ろうとしているみたいな、そんな言い方されたんじゃ」

「だから、それは悪かった。倅だって本気じゃない。売り言葉に買い言葉なんだ」

だが、富雄は答えを拒否するように、うつむいたまま顔を上げない。八十助は助けを求めるように孝蔵を見た。

「富ちゃん、何も君が辞めることはないよ」

孝蔵は富雄に近づいて、優しく話しかけた。

「それに、今急に君に辞められたら、おやじさんもおかみさんも困るだろう」

「そうよ、富ちゃん」

富雄はゆっくり視線を上げ、半泣きの明子を見て困ったような顔になった。

「ねえ、皆さん。ここで三人だけで話していたって埒《らち》が明きませんよ。俺も立ち会いますから、照彦君を呼んできちんと話し合いましょう」

八十助はホッとしたように息を吐いた。

「そうしてくれるかい？」

孝蔵は安心させるように大きく頷いて、富雄に目を移した。

「身の振り方を決めるのは、その話し合いが終わってからでも遅くないだろう?」

「……はい」

富雄は小さく頷いた。

その週の日曜日の昼間、おたふくの二階にある住まいに、永井夫婦と照彦、富雄、そして孝蔵と一子が集まった。

「富雄君は店を辞めるそうだ」

簡単な挨拶が終わると、孝蔵がいきなり切り出した。照彦はさすがに驚いたようで、チラリと富雄を見た。

「富雄君も困るだろうが、ご両親も困るだろう。ずっと三人でやってきたんだから。君だって、寝覚《ねざ》めが悪いんじゃないか?」

照彦は居心地悪そうにもじもじと身じろぎした。

「見ての通り、この通りのほとんどの家は一階が店舗になっている。君が店を継ぐ気がないのなら、一階を他人に貸すか、家そのものを売るか、どちらかを選ばないと宝の持ち腐れになるよ」

答えを促すようにじっと見つめられ、照彦は渋々頷いた。

「で、君はどうしたい?」

「僕は……」

照彦は言い難そうに先を続けた。

「弁護士は、売った方が良いって」

明子が照彦ににじり寄った。

「照彦、あんた、お母さんにこの家から出て行けって言うのかい？」

「そうじゃないけど……」

照彦はまたしても身じろぎした。

「だって、そうじゃないか！」

激して声の高くなった明子を、一子はそっと宥めた。

「君としては、お母さんと一緒にこの家に住んで、店を他人に貸すのはいやなのかな？」

「俺は、別に、いやじゃないけど」

「それじゃあ、富雄君に貸しても良いんじゃないか？」

照彦はきっとして孝蔵を睨んだ。

「親父は、こいつに店をやるって言ったんです」

「こいつじゃない。長谷部さんと言え」

孝蔵が厳しい声を出すと、照彦は鞭《むち》に打たれたように、ビクッと身体を震わせた。

「赤の他人に店を譲るとなると、贈与税が掛って大変らしい。正直な話、その気があっても金が掛りすぎて難しいと思う。君だってそのくらい、弁護士に教えてもらっただろう？」

照彦はうつむいて唇を噛んだ。

「だったら何も問題ないじゃないか。どうせいつかは誰かに貸すんだ。その時が来たら条件を話し合えば済むことだろう。それなのに、どうしてこんな悶着《もんちゃく》を起こしたんだ？」

「だって、親父は……」

照彦は言い淀《よど》んで口をつぐんだ。しかし、もう一度顔を上げ、ジロリと八十助を睨んで先を続けた。

「いつだって俺のものを他人にやっちまうんだ。筆箱も、グローブも、自転車も。だから今度は店だって」

「おい、何のことだ？」

「とぼけんなよ！」

照彦は思いの丈《たけ》をぶつけるように、後から後から過去の出来事を持ち出して言い募《つの》った。その目に涙が溢れている。

何故《なぜ》だかそれを見たとき、一子はもう大丈夫だという気がした。腹の底から感情をぶつけ合うことで、親子の間に積もったわだかまりは溶け始めたのではないか……。

孝蔵が一子に、帰ろうと目で合図した。

一子は頷いて腰を上げた。

「でも、富さんには気の毒だったわね。もしかして、将来棚ボタでお店が手に入ったかもしれないのに」

家に帰ってから一子は本音を漏らした。

「なあに、これでいいのさ」

孝蔵は冷たい麦茶を一息に飲み干した。

「店を持てるか持てないかは本人の器量次第だ。棚ボタで手に入った店なんか、すぐ人手に渡っちまうよ」

「それもそうね」

一子は麦茶のコップ越しに、孝蔵の顔を頼もしげに眺めた。


暦が十月に変って間もないある日のことだった。

壁の時計はもうすぐ二時で、ランチのお客は引き上げた。外看板を仕舞《しま》って昼の休憩に入ろうとしていると、ドアが開いて涌井直行が入ってきた。

「すみません、こんな時間に」

恐縮して身体が縮こまっているように見えた。

「まあ、いらっしゃい……」

いや、実際、涌井は小さくなっていた。前に店に来たときより明らかに痩せている。

「良く来たな。これから賄いなんだ。一緒にどうだ？」

孝蔵は厨房から出てきて、努めてさりげない口調で誘った。

「良いですか？」

涌井は小さく微笑《ほほえ》んだが、一子にはまるで泣き出す寸前の子供の顔に見えた。

孝蔵は亮介に指示してテーブルを二つ付けさせた。

英次と真也はすっかり緊張してしまい、涌井の席をどうしたものかと上ずった声で尋ねた。

「こっちと同じで良いよ。今日は客じゃないんだから。なあ？」

声を掛けると、涌井は嬉しそうに頷いた。

テーブルの上にはクズ野菜とクズ肉の炒め物、ハンバーグの残りで作った肉団子揚げ、クズ野菜たっぷりの中華スープ、佃名産の佃煮、一子お手製の糠漬け三種が並んだ。

「いただきます！」

いざ食事が始まると、みんな汗を流して働いた後だけに食が進む。最初はガチガチになっていた英次と真也も、すぐに普段の顔に戻った。

涌井も美味そうに食べている。それを見て一子はホッとした。痩せたというよりやつれた印象なので、病気ではないかと思ったのだ。

「ここの賄いは誰が作ってるんですか？」

肉団子を頬張って、涌井が尋ねた。

「亮介君。今年から賄い担当になったのよ」

「バランスが良くて良い取り合わせですね。日頃、どうしても野菜が不足しがちだから」

飲食店では主に見栄えの良い部分を客に出すので、野菜クズや肉の切れ端が毎日出る。それを無駄なく使って賄いを作らなくてはならない。ほとんどの場合新米の役目で、腕の見せ所でもある。賄いがきっかけで出世した料理人は多い。

「ありがとうございます」

涌井に褒められても、亮介は舞い上がらない。あまりに未熟で、まだ涌井の偉大さを実感するには至らないのだ。

食事が終わると、従業員たちは気を利かせて休憩に出た。

一子はコーヒーを淹《い》れて出した。

「昔、ナオの賄いはすごかったな。俺はあれを喰ったとき、こいつは絶対に料理界のトップになると思った」

孝蔵は昔を懐かしむように目を細めた。

「不器用で、何をやってもドジばかり踏んでたのに、兄さんはいつもそう言って励ましてくれましたよね」

涌井は目を瞬いた。そして、急に思い詰めたように顔を引き締めた。

「俺、ここで働いちゃダメですか？」

驚きのあまり、孝蔵も一子も言葉を失った。

「なに言ってんだ？」

「本気です」

「お前、気は確かか？　今がどういう時期か分ってるよな？　『ランドン杯はゴールじゃない、始まりに過ぎない』って、自分でそう言ってたじゃないか。これからが勝負なんだぞ」

涌井の顔に苦悩の色が濃くにじみ出た。

「あれから、何もかもおかしくなったんです」

涌井は大きく息を吐き、孝蔵の顔を見つめた。

「俺は料理人なのに、美味しい料理を作って食べる人に喜んでもらいたいだけなのに、それじゃ済まなくなってしまったんです。なんて言うか、毎日レースに出て、優勝目指して走らないといけないみたいな……」

シャトーヌフ・ド・ランドン杯入賞以降、涌井はマスコミに注目され、時の人になった。食事に来るお客たちも、涌井に常に「世界第三位の味」を期待するようになった。新しい味、何処《どこ》にもない味、世界最高の味。常にその三つがセットで求められるようになった。

「お客さんも……前は料理を楽しみに来る感じだったけど、今は、調べに来るんです。調べて、確認して、評価するために来るんです。俺にはそう思えるんです」

涌井はすがるような目で孝蔵を見た。

「この食堂は楽しかった。お客さんもみんな大らかで、楽しそうだった。小姑《こじゅうと》みたいな目で料理を点検する人は誰も居なかった。俺はこういう店で料理を作りたいんです。昔、帝都で兄さんと一緒に働いていたときみたいに」

「ナオ……」

孝蔵は痛ましそうに眉《まゆ》をひそめた。そして、しばらくの間眉間《みけん》にシワを寄せて考え込んだ。再び口を開いたとき、その声には決然たる響きがあった。

「それがお前の運命なんだよ。引き受けるしかない」

しかし、涌井を見る眼差《まなざ》しは優しさに満ちあふれていた。

「お前は天才だ。日本のフランス料理界を牽引《けんいん》する役目を担《にな》って生まれてきた。他の誰にも出来ない。お前しか居ないんだ」

孝蔵はぐるりと店を見回した。

「この店は良い店だ。俺も自慢に思ってる。でも、はじめ食堂だけじゃ日本のフランス料理に進歩はない。お前の言うとおり、新しい味、何処にもない味、世界最高の味……それを目指す店が必要なんだ。その一つが帝都ホテル。お前の仕事場だよ」

涌井は黙って孝蔵の目を見返した。

「はじめ食堂に来ると、四つ葉銀行の勝田頭取は、カレーにウスターソースを掛けて嬉しそうに召し上がるんだ。帝都じゃこんな行儀の悪い真似《まね》は出来ないからって」

孝蔵はクスッと笑みを漏らし、涌井も釣られて微笑んだ。

「奥さんと一緒に来たときは、二人で岩手弁でしゃべるんだ。だから誰にも二人が何を話しているのか分らない。奥さんも気さくな方で、フライにポン酢を掛けるのがお気に入りだ」

そして、わずかに居住まいを正して先を続けた。

「だが、それは勝田さんの一面に過ぎない。レストランに外国から来たお客さんを案内して、流《りゅう》暢《ちょう》な英語で会話しながら、ソムリエとワインの相談をする勝田さんもいる。そういうときに絶対に必要になるのが、帝都のような超一流の店であり、お前の作る世界最高峰のフランス料理なんだ」

涌井はしびれたように身動き一つしない。孝蔵の語る言葉のすべてがその身に染み通り、溶け込んで行くかのように。

「ハンバーグはハンブルグ・ステーキ。体裁良く盛り付ければ立派な洋食だが、フライにすればメンチカツ、中にゆで卵を入れればスコッチ・エッグで、これはお総菜だ。小さく丸めて肉団子、素揚げして甘酢あんを掛ければ中華料理にも変身する。どれも美味いが、ときと場合で選ぶ料理は違うだろう？　まあ、そういうことだな」

涌井は目を潤《うる》ませて何度も頷いた。

「良く分りました。俺、甘えてたのかもしれません。でも……」

無理に笑顔を作って明るく言った。

「兄さん、たとえ話、下手ですね」

「ま、細かいことは気にするな」

二人の様子を見守って、一子は温かな喜びに満たされた。しかしその一方では、胸に小さな痛みを感じていた。

涌井の気持ちが痛いほど分ったのだ。ああ、この人は孝蔵を愛しているのだ……と。

第五話

さすらいのコンソメスープ

その老人がはじめ食堂に現れたのは、大鵬《たいほう》が負けた翌日だった。

昭和四十四（一九六九）年三月、大相撲《おおずもう》春場所二日目。横綱大鵬は四十五連勝中で、双葉山《ふたばやま》の六十九連勝にどこまで迫れるか注目される中、平幕の戸田《とだ》に敗れた。実はビデオには戸田の足が先に土俵《どひょう》から出た映像が映っていた。後日この判定は「世紀の大誤審」と呼ばれ、ビデオ判定が導入されるきっかけとなった。

「大鵬、負けちゃったわね」

遅めのランチタイムにやってきた心臓外科医の佐伯直《さえきすなお》が言った。今日の注文はビフテキでなくてロールキャベツだから、難しい手術の予定はないのだろう。

「やっぱり双葉山には遠く及ばないんですよ」

水とおしぼりをテーブルに置いて、一子《いちこ》は答えた。

「そうねえ。六十九連勝の次が四十五連勝。二十四勝も差があるのよね」

「おまけにあの頃は年二場所で、番数だって少なかったですよ。最初は十一で、途中で十三になったんだから」

双葉山の相撲をもっと見たいという観客の熱望によって、取り組の数が増えたのである。それほどの人気だった。

「双葉山が負けたときのラジオはすごかったわ」

「そうそう。もう地鳴りみたいな歓声で、アナウンサーの声も聞こえなかった……」

昭和十四（一九三九）年一月の本場所四日目の出来事で、一子はまだ六歳になっていなかったが、あの時の異様な雰囲気《ふんいき》は良く覚えている。父は麵《めん》を茹《ゆ》でっぱなしで引き上げるのを忘れ、客もあんぐりと口を開けたまま箸《はし》を宙に浮かせていた。

「双葉山みたいなお相撲さんは、もう現れないわね」

「ほんとに」

二人とも双葉山の勇姿を思い浮かべ、うっとりしてため息を吐《つ》いた。強くてハンサムで常に正々堂々とした相撲を取り続けた双葉山は希代《きたい》のスターであり、少女たちのアイドルでもあった。

一時を過ぎてランチの客が一斉に引けた頃《ころ》、ドアが開いて客が入ってきた。

初めての客だった。見たところ年は七十前後。色が白くて痩《や》せているが、目に力のある顔だった。三ヶ月くらい床屋に行っていないらしく、白髪《しらが》が伸びてボサボサになっていた。藍色《あいいろ》の着物は結城紬《ゆうきつむぎ》だろうか。すでに三月半ばで冬の寒さは和《やわ》らいでいたが、着流しに二重回しを羽織《はお》り、紺足袋《こんたび》に雪駄《せった》を履いている。二重回しはインバネス・コートを真似《まね》た男性用の和装コートで、トンビとも言う。

「ビール」

老人は一言注文してから二重回しを脱ぎ、椅子《いす》の背もたれに掛けると、どっかとテーブル席に腰を下ろした。袂《たもと》の中からピースの箱を取りだし、マッチを擦《す》って火を付けると、美味《うま》そうに吸い込んで、ゆっくりと煙を吐き出した。

「どうぞ」

一子がビールとグラスを持って行くと、老人はメニューを持つ手を少し遠くへずらし、目を細くして文字を追っていた。

「ふうん。ここはソップを置いているのかね。感心だ」

老人はメニューをテーブルに戻し、一子に目を向けた。

「ソップをもらおう」

一子は一瞬「えっ？」と思ったが、昔、明治生まれの祖父がスープをソップと言っていたのを思い出し、笑顔で答えた。

「コンソメでよろしいですか？」

「結構」

一子はテーブルを離れ、厨房《ちゅうぼう》に注文を通した。

老人は悠然《ゆうぜん》と煙草《タバコ》を吹かしながらビールを飲んだ。注文したコンソメスープが来ると、吸いかけの煙草を消し、スプーンを手にした。飲むときにまったく音を立てないので、正直一子は驚いた。

「美味かった。まことに結構な味だ。贅沢《ぜいたく》に材料を使って丁寧《ていねい》に出汁《だし》を取っている。しかしソップでは料金が取れん。割に合わんからソップをメニューに載せない店も増えている中で、感心なことだ」

「畏《おそ》れ入ります」

一子は嬉《うれ》しくなって礼を言った。コンソメスープは材料費も手間暇も掛かるのに高値を付けられない、まことに割に合わないメニューだった。はじめ食堂がコンソメスープをメニューに載せているのは、ひとえに孝蔵の料理人としての矜持《きょうじ》なのだ。そこを分ってくれる人が少ないだけに、老人の言葉がありがたかった。

「お勘定は、丁度四百円になります」

すると、老人は至極当然のように言った。

「今は持ち合わせがない。付けておいてくれ」

一子は一瞬耳を疑い、老人の顔を見直した。別に冗談を言っているつもりではないらしい。

「あの、お客様、うちはツケはやっておりませんので、この場でお支払いいただきたいのですが」

「今は持ち合わせがないと言っとるだろう」

老人はいささかも悪びれずに繰り返した。

「それでは困ります」

一子はさすがにカチンときた。

「うちの店はツケは一切しておりませんが、それを置いても、お客様はうちの店に初めておいでになった方です。うちはお客様がどこのどなたかまったく存じません。それでいきなりツケにしてくれと仰《おつしや》るのは、非常識です」

「これは失礼した。わしは赤目《あかめ》将大《まさひろ》という者だ。大将をひっくり返して『まさひろ』」

老人がそれきり何も言わないので、一子は尋《たず》ねた。

「どちらの赤目さんですか？」

「どちらとは？」

「どこにお住まいで、どういう仕事をしている赤目さんですか？」

「住所は……不定だ。風の向くまま気の向くまま、あちこちに住まってきた。仕事は、まあ、したりしなかったり、色々だ」

一子はだんだん腹が立ってきた。赤目老人はからかっているつもりはないのかもしれないが、一子はバカにされている気がした。

「ふざけないで、真面目《まじめ》に答えて下さい」

「わしは真面目に答えているつもりだ」

一子が「このクソじじい！」と怒鳴る寸前に、孝蔵《こうぞう》が厨房から出てきて、一子の隣に立った。

赤目は孝蔵をジロリと一瞥《いちべつ》し、それから一子と二人並んだ姿を眺め、わずかに微笑《ほほえ》んだ。

「君がこの店の主《あるじ》かね？」

「はい。一《にのまえ》と言います。こっちは女房です」

「珍しく似合いの夫婦だ。二人とも美形で面魂《つらだましい》がある」

「ありがとうございます」

孝蔵は小さく一礼してから、穏やかな口調で言った。

「女房がご説明したとおり、うちの店ではツケは出来ません。もしお客様が払えないのであれば、どなたか代りに勘定《かんじょう》を払ってくれるお知合いはおられませんか？」

「……知合いとな？」

赤目は怪訝《けげん》そうな顔をした。

「奥さんとか、お子さんとか」

赤目は残念そうに首を振った。

「女房とは二十年前に別れた。子供とはそれ以来会っておらん」

「まあ……」

一子は危うく「それはお気の毒に」と言いそうになった。

「それでは、他のお知合いは居ませんか？　仕事の仲間とか、先輩後輩とかは？」

「う〜む」

赤目は懐手《ふところで》に腕を組んで首をひねった。

「おるにはおるが、金の貸し借りが出来るような相手ではなし……弱ったな」

しばらく考え込んでから、いささか決まり悪そうな顔で口を開いた。

「確かこの近くだと思うが、月見荘《つきみそう》というアパートに住んでいるルミ子という女なら、貸してくれるかもしれん」

「月見荘ですか？」

赤目はむっつりと頷《うなず》いた。

「ただ、ルミ子も気の毒な身の上でな。父親の借金を返すために昼は会社勤め、夜はバーで働いておる。出来れば金の無心などしたくないのだが、背に腹は替えられん」

「あのう……」

厨房から西亮介《りようすけ》がおずおずと顔を出した。

「俺、月見荘に住んでるんですけど、男ばっかりで女の人は居ないですよ」

「なに？」

赤目が目を剝《む》いた。

「君、それはまことか？」

「はい。男ばかり住んでるんで、大家さんも女の人には貸さないみたいです。もめ事になるからって」

赤目は呆然《ぼうぜん》として宙を睨《にら》んだ。

「……するとあれは嘘《うそ》だったのか。父親が病に倒れて入院費がかさみ、たった一人の弟の高校の月謝も払えない。このままでは学費滞納で退学になってしまう。どうしても今月中に十万円要《い》ると……」

一子と孝蔵は顔を見合わせた。亮介も英次や真也と顔を見合わせた。どう考えても嘘に決まっているではないか。

「お金、渡したんですか？」

一同を代表して一子が尋ねた。

「若い身空で苦労しているのが哀れに思えてな」

「そんなの、作り話に決まってるじゃないですか」

「作り話とは思わなんだ。現に、わしはその弟にも会っている。ルミ子が連れてきて、目の前で何度も頭を下げたのだ」

「戸籍謄本《とうほん》を見たわけでもないのに、弟かどうか分りませんよ。大方、そのルミ子さんの若いツバメだったんじゃありませんか？」

一子はずけずけと言った。

「う〜む」

赤目はまたしても懐手に腕組みして顔をしかめ、目を閉じた。今度は明らかに面目なさそうな顔をしていた。

「まあ、ここでそんな詮索《せんさく》をしたって始まらない。どうです？　他に勘定を払ってくれそうな人を思いつきませんか？」

「そうさなあ……」

しきりに首をひねっていたが、金を借りる相手は思いつかなかったようだ。

「面目次第もない」

テーブルに両手をついて頭を下げると、傍《かたわ》らに置いた二重回しに目を遣《や》った。

「このコートをカタに置く。支払いに来るまで預かっておいてくれ」

一子が「うちは質屋じゃありませんよ」と言おうとするのを、孝蔵は目で制した。

「分りました。確かにお預かりします」

そして一子を振り向いた。

「書く物を持ってきてくれ。預かり証をお渡しする」

「ありがたい。わしも一筆書こう」

一子は渋々二階に上がり、便せんと万年筆を持ってきた。

赤目は万年筆を握り、「飲食代お借り受け申し候　赤目将大」と、意外にも達筆でしたためた。

「では、失礼する」

一礼して出て行くと、一子は孝蔵を睨んだ。

「あのまま帰すなんて、ちょっと甘くない？」

「だからって、じいさんを警察に突き出すわけにも行かんだろう」

孝蔵は厨房に「めしにしよう」と声を掛けてから、一子に向き直った。

「あのじいさん、どことなく風格があった。食い逃げを狙《ねら》うような輩《やから》とは思えない」

「バーのホステスにだまされて有り金巻き上げられるような人の、どこに風格があるのよ？」

孝蔵はクスッと笑いを漏らした。

「人をだまして有り金巻き上げるような人間よりは、ずっとマシだよ」

「あ、そうか」

ハタと膝《ひざ》を打ち、一子もつい微笑んでいた。

孝さん、良いこと言うわね。

こんな時、一子は孝蔵と結婚して本当に良かったと思うのだった。

その日の夕方、店を開けた直後、例の赤目老人が再びはじめ食堂に現れた。今度はやけに体格の良い中年男をお供に従えている。

「まあ、いらっしゃいませ」

まさかこんなに早く来るとは思わなかったので、一子は少し戸惑った。

「昼間は失礼した。まずは借りている代金をお支払いしよう」

赤目は袂から五百円札を出して一子に差し出した。

「釣りはいらん。利子だ」

「そういうわけには参りませんよ」

だが、釣り銭を渡す間もなく、赤目は中年男とテーブル席に陣取ってしまった。

「ビールと、ソップを二つ頼む」

「はい、ありがとうございます」

一子は注文を通し、ビールを運んだ。

「ただ今、コートをお持ちしますので」

「おお、そうだ。預かり証をお返ししよう」

赤目は右の袂から便せんを取り出してテーブルに置いた。

「昼間、金を持たずに飲み食いしてしまってな。ツケがきかんので借金のカタにトンビを置いてきた」

「はあ」

中年男は預かり証と二重回しを見比べて、目を白黒させている。

「宮本《みやもと》君、何でも注文したまえ。この店はソップが美味かったから、何を食べても美味いはずだ」

「はあ。ありがとうございます」

宮本は神妙な顔でメニューを開いた。

「ええと、テリーヌ、牡蠣《かき》フライ、グラタン、それとシメにポークソテーを定食で下さい」

宮本は体格に相応《ふさわ》しく大量の料理を注文した。元は相撲取りかと思うほどの巨漢だが、顔には知性が感じられる。

赤目はコンソメスープを肴《さかな》にビールを飲んでいる。一方の宮本はまるでブルドーザーが山を崩すように、次々に料理を平らげる。

「いやあ、見事ですねえ、この店の料理は。実に美味い」

「君を連れてきて良かったよ。見事な食べっぷりだ」

赤目は目を細めて言った。鶴《つる》のように痩せているのも道理で、固形物を一切口にしない。

「ごちそうさん」

一子は合計から百円引いた金額の勘定書きを赤目に渡した。

「先生、本日は大変なご馳走《ちそう》にあずかりまして……」

勘定を済ませる間、宮本は何度も礼を言ってペコペコ頭を下げた。どうやら「先生」と呼ばれる立場らしい。

あのじいさんが先生だなんて、どうなってるの？

一子はまったく腑《ふ》に落ちず、狐《きつね》か狸《たぬき》にバカされたような気がしたのだった。

その夜、亮介は仕事を終えると、日の出湯で入浴してから月見荘に帰った。

優雅な名前とは裏腹に、四畳半にトイレと小さな流し台とガスコンロが一台付いた、築十五年のボロアパートである。それでも去年まで住んでいた三畳一間、トイレと流しが共同のアパートに比べればずっとマシだった。

部屋の鍵《かぎ》を開けようとして、隣の部屋から明かりが漏れているのに気が付いた。前の住人が引っ越してから空部屋だったが、新しい借り手が見つかったようだ。

夜中にトイレに起きた時、薄い壁越しに「オールナイトニッポン」のテーマが聞こえた。一昨年から若者向けのラジオの深夜放送が始まり、東京放送（現ＴＢＳラジオ）「パック・イン・ミュージック」とニッポン放送「オールナイトニッポン」は、学生を中心に爆発的な人気を博していた。

……隣は大学生かもしれない。

ぼんやりそう思い、亮介は再び眠りについた。

翌日、午後一時を過ぎて客の波が引いた頃、赤目将大がはじめ食堂にのっそりと姿を現した。

「ビール。それと、ソップをもらおう」

昨日と同じ席に着き、同じものを注文した。袂からピースを取り出して一服する様子も、昨日と変らない。

変ったのは、今日はきちんと代金を払って帰ったことだ。

「ま、二回続けて裏を返してくれたことだし、あんまり悪く思っちゃいけないのかもね」

一子は赤目の姿が店の外に消えたとき、独り言を漏らした。

そして夜の八時過ぎ、赤目は再び現れた。今度は二十代の青年をお供に連れていた。

「谷山《たにやま》君、何でも好きなものを注文したまえ。ここはソップが美味いから、何を食べても美味い」

「ありがとうございます。宮本もそのように申しておりました」

谷山と呼ばれた青年はかしこまって頭を下げる。宮本というのは昨日来店した巨漢の中年男性のことだ。二人は同じ会社の上司と部下らしい。

赤目は例によってビールとコンソメスープを二つ注文した。

「僕は、ええと……牡蠣フライとグラタン下さい」

「何だ、それだけか？　遠慮せんで良いぞ。若いんだから、どんどん食べなさい」

「はあ、ありがとうございます。でも、僕、宮本さんみたいに健啖《けんたん》じゃないので」

上司に対して「大食い」とは言いにくいのだろう。

二人は淡々と食事を終え、赤目がレジに向った。

「ありがとうございました」

一子は釣り銭を渡しながら、不思議でたまらなかった。昨日一銭も持ち合わせのなかったこの老人が、どうして二日続けて他人におごることが出来るのだろう？

赤目はそれからも毎日はじめ食堂にやってきた。昼は遅い時間に一人で、夜は時間は早かったり遅かったりバラバラだが、必ず誰かお供を連れてきた。赤目自身はビールとコンソメスープしか注文しないので、それでは食堂のもうけが出ないと気を遣《つか》い、食べられる人間を連れてくるのかもしれない。

そこに思い至ると、一子は赤目ににわかに好感を抱いた。そして、心配になった。火曜日からずっと毎日二回も通ってくれたのに、ビールとコンソメスープ以外口にしない。これでは栄養失調になってしまうだろう。現に、鶴のように瘦せている。

「あのう、もしよろしかったら、何か消化の良い、柔らかいお料理をお作りしましょうか？」

日曜日の夜、遂にたまりかねて一子はそう勧《すす》めてみた。

「いらぬ心配をせんでよろしい。長年これで生きておる」

にべもなく断られたが、一子はやはり気になってならなかった。

その夜、店仕舞《みせじま》いした後、亮介は例によって日の出湯で入浴してから月見荘へ帰った。布団を敷いて横になると、今夜も隣の部屋からは「オールナイトニッポン」のテーマが聞こえてくる。明日ははじめ食堂は定休日だ。亮介も隣に倣《なら》ってラジオのスイッチを入れ、イヤホンで

「パック・イン・ミュージック」を聴《き》いたが、ものの三十分もしないうちに眠りに落ちた。

翌朝、パンと牛乳で簡単な朝食を済ませ、布団を干して部屋を掃除した。毎日ほとんど寝に帰るだけだから、部屋は汚れない。

掃除が終わると洗濯に掛かる。洗濯機は部屋の外に置いてあった。主流の二層式ではなく、手動式ローラー型絞り器の付いた流行遅れの一層式で、中古品だがそれで十分用は足りた。

洗濯物を干し終わり、亮介は買い物に出た。日用品は近所の店でほとんど間に合う。

部屋に戻るとよそ行きに着替えた。休みの日は都心の高級店で昼食を食べることにしていた。ディナーは高くて手が出ないが、ランチなら亮介の給料でも月に四回食べられる。その店の味はランチもディナーも変らないから、勉強にはランチが最適だった。

廊下に出てドアに鍵を掛けていると、隣の部屋のドアが開いた。

「あっ」

何気なくそちらを振り向いて、亮介は思わず小さな声を上げた。赤目老人ではないか。

「やあ」

赤目は軽く挨拶《あいさつ》したが、亮介のびっくりした顔を見て、訝《いぶか》しげに尋ねた。

「君は、どなただったかな?」

「あの、いつもご贔屓《ひいき》にしていただいてます。はじめ食堂の厨房で働いてる者です」

「おお、それは丁度良い。これから君の店に行くところだ」

「生憎《あいにく》ですが、月曜日は定休日なんです」

「なんだ、そうか。それはがっかりだな」

赤目はその場で腕組みし、天を仰《あお》いだ。何処《どこ》で昼ご飯を食べようかと考えているのだろうか。とは言え、どうせビールとスープしか飲まないのだが。

亮介はどういうわけか、老人にお節介を焼きたくなった。

「あのう、佃《つくだ》仲通りにあるお蕎麦屋《そばや》さん、美味《おい》しいですよ。『みたけ』っていう店です」

「それは、ありがとう」

赤目は素直に礼を言ったが、回れ右して部屋に引っ込んでしまった。

あのおじいさん、今日は何も食べないのかなあ？

つい余計な心配をしてしまった。

その日、亮介は新宿の店で昼ご飯を食べ、名画座で映画を観《み》て夕方アパートに戻った。

窓を見上げると赤目の部屋には明かりが点《つ》いている。

もしかして、一日何も食べていないんじゃ……？

亮介はアパートの外階段を上がると、赤目の部屋のドアをノックした。栄養失調で倒れているのではないかと心配だったのだ。

「おや、君か」

しかし、赤目はちゃんと応対に出た。空腹のあまり目を回している様子もない。

「あのう、俺、これから夕飯なんですけど、一緒にどうですか?」

「いや、それは君に申し訳ない」

「気にしないで下さい。自分用だから、ひどいもんです」

言ってから気が付いて苦笑いした。

「ひどいもんを人様に食べさせるのも、失礼な話ですよね」

赤目はゆっくりと微笑んで首を振った。

「ご親切に甘えよう」

「どうぞ、どうぞ」

亮介は赤目を自分の部屋に通した。座布団を勧め、デコラの座卓の脚を出して前に置いた。

赤目は座って胡座《あぐら》をかき、珍しそうに部屋の中を見回した。

「感心に、きれいに片付いている」

「散らかるほど物がないですから」

「余計な物は持たぬに限る」

亮介が作ったのはインスタントラーメンだった。休みの日の食費はこうして節約する。ただし、キャベツとタマネギと人参《にんじん》がたっぷり入っている。冬なら白菜か小松菜、それに長ネギだ。いつもはざっくり切って炒《いた》めるのだが、赤目のために細く千切りにして、そのままスープで煮た。インスタントのスープでも、野菜の旨味が加わると一段美味しくなる。

「どうぞ。うちの店のコンソメとは月とすっぽんだけど、野菜の栄養が取れますから」

「ありがとう。ご馳走になる」

赤目はスープをすすり「これはいける」と言った。義理に感じたせいかもしれないが、千切りの野菜と麵にも箸を付け、半分ほど食べた。

「いやあ、すっかりご馳走になった。ありがとう」

赤目はわざわざ座り直して膝を揃《そろ》え、深く頭を下げた。

「それほどのもんじゃありませんよ。あり合わせですから」

亮介は照れくさくなって胸の前で手を振った。

「赤目さんはどうしてコンソメスープがお好きなんですか?」

「女房の得意料理だった」

赤目は遠くを見る目つきになった。

「わしは胃腸があまり丈夫でない。子供の頃《ころ》から食が細くて、ひ弱くてな。結婚してからは女房が苦労した。試行錯誤の末に、わしの口に合うソップを作ってくれた。あれを飲むと元気が出て、食も進んだものだ」

「良い奥さんだったんですね」

赤目は黙って頷いた。寂《さび》しそうな様子だった。

亮介は赤目が二十年前に妻子と別れたことを思い出し、余計なことを聞いてしまったと後悔した。

「君、将棋《しょうぎ》は好きかね？」

重くなった空気を振り払うように、唐突《とうとつ》に尋ねた。

「はあ。子供の頃遊んだくらいですが」

「良かったら、見てあげよう」

「ありがとうございます。でも、良いです。俺、将棋指す時間があったら、料理の勉強したいので」

赤目は気を悪くした風もなく、笑顔で頷いた。

「なるほど。立派な心がけだ」

「赤目さんは将棋がお好きなんですか？」

「……骨がらみというやつだな」

赤目は小さく笑みを漏らしたが、今度は苦笑いに見えた。

「そうそう、わしは明日からしばらく旅に出る。当分君の店には行けないから、店主によろしく言っておいてくれ」

最後にそう言って、赤目は自分の部屋に引き揚げた。

「それで、あのおじいさん、何をやってる人なの？」

翌日、はじめ食堂に出勤した亮介が意外な隣人のことを話すと、みな俄然《がぜん》興味を引かれた。

「さあ？　別に、何もやってないんじゃないですか。夜中に深夜放送聴いて、昼まで寝てるみたいだし」

「あら、うちに毎晩お客さん連れてきておごってるくらいだもの。何かやってるわよ」

「もしかして、有名な小説家とか画家じゃないですか？」

英次が思いつきを口にした。

「あれは世を忍ぶ仮の姿で、本当は……」

「小説家は違うんじゃない？　バーのホステスのいかにもな身の上話にだまされて有り金巻き上げられちゃうんですもの」

「画家なら、アトリエとか必要じゃないですか？　月見荘に住んでたら仕事にならないと思うけど」

真也も疑わしげに言った。

結局、次の一週間は赤目が現れることなく、謎《なぞ》の老人の正体は謎のままであった。

休み明けの火曜日の夕方、赤目ははじめ食堂にやってきた。しかも女連れで。

「いらっしゃいませ」

一子の鼻先を香水の香りが通り過ぎた。まだ若いが黒地に洋蘭《ようらん》を染めた派手な着物姿が板に付き、一目で水商売と分る。

「ここは何を喰《く》っても美味い。好きなものを注文しなさい」

「は〜い」

赤目は例によってビールとコンソメスープ、女はオムライスを注文した。

「先生、あたし、八時までにお店に入らないといけないの」

腕時計を見ながら甘ったれた口調で言う。どこかのクラブに勤めるホステスで、今夜は同伴日なのだろう。

「あら、美味しい」

運ばれたオムライスを口に運んで、女は意外そうな顔で言った。

「先生の言うとおりだわ。店はちんけだけど、味は一流ね」

ちんけは余計だろう、と一子は腹の中で思った。

女はオムライスをペロリと平らげ、赤目と腕を組んで店を出た。

「この前有り金巻き上げられてたくせに、まだ懲《こ》りないんだわ」

食器を厨房へ下げたとき、一子は小声でそっと毒づいた。

「ねえ、いっちゃん、あのおじいさん……」

カウンターに座っていた辰波銀平《たつなみぎんぺい》が、ドアの方をじっと見て首をひねった。

「辰波さんと会うの初めてでしたっけ？　先週は来なかったけど、先々週、毎晩のように来て下さったんですよ」

「俺、先々週は蔵元回ってたから」

銀平は年に一度日本各地を旅行し、地方の銘酒《めいしゅ》を発見しては仕入れに活《い》かしているのだった。

「あの方が何か？」

「……似てるんだよなあ」

しかし、銀平はあっさり首を振ってしまった。

「やっぱり人違いだ。他人のそら似ってやつだろう」

そう言われるとかえって気になる。

「ねえ、どなたに似てるんですか？」

「将棋の名人でね、赤目将大って人だ」

「ドンピシャッ！」

一子は思わず手を打った。

「その人！　自分で言ってた、大将をひっくり返してマサヒロだって」

「まさか……！」

銀平は興奮して腰を浮かせかけた。

カウンターの隣にいた山手政吉・政夫の親子も、銀平の方へ身を乗り出してきた。

「何、あのじいさん、そんなに有名なの？」

「まあ、坂田《さかた》三吉《さんきち》の生まれ変りかな。強いときは強いんだけど、つまんない勝負を落としたりする。ひどい変り者で、放浪癖があって時々行方不明になるらしい」

「へぇえ」

政夫が素《す》っ頓狂《とんきょう》な声を上げた。

「それじゃ、もしかして、今は雲隠れの最中かな?」

銀平は納得顔で頷いた。

「先週は来なかったって言ったよね? 多分、熱海《あたみ》だよ。熱海の福寿荘で王将戦の対局があったから、そっちに行ってたんだ」

一子は何となく狐《きつね》につままれたような気分だった。そんな将棋の名人が、ああも易々《やすやす》とホステスの甘言に引っかかるものだろうか?

まあ、この道ばっかりはお釈迦《しゃか》様も親鸞聖人《しんらんしょうにん》も苦労なさったそうだから、別かもしれないけど。

亮介はカウンター越しに会話を聞きながら、赤目が「将棋を見てやろう」と言ったことを思い出した。

あのおじいさんは、本当は今も別れた奥さんの作ってくれたスープが飲みたいのかもしれない……。

翌日の昼、赤目は何事もなかったようにはじめ食堂に現れた。

しかし実際には何事かあったらしく、夜は一緒に来た谷山という青年が代金を支払った。しかも、千円札を五枚一子に渡して小声でささやいた。

「あの、これで当分、先生の食事代をまかなってください。足りない分は、来週宮本という者が来てお支払いしますので」

小学校教員の初任給が二万七千百円の時代である。一子は取り敢《あ》えず五千円を押し頂いたが、好奇心を抑《おさ》えかねて聞いてしまった。

「つかぬ事を伺《うかが》いますが、もしかしてまた有り金全部、女に巻き上げられたんですか？」

谷山は自分のことでもないのに顔を赤くした。

「……みたいです」

「あの人、将棋の名人なんでしょ？」

「はい」

「どうしてそんなにバカなの？」

「それは、僕には皆目」

谷山だって迷惑しているに違いないので、一子はそれ以上聞かなかった。

その夜、一子は口開けに来店した銀平に尋ねた。

「ねえ、赤目さんって、どうやって食い扶持《ぶち》を稼いでるの？」

「将棋に決まってるでしょ」

「お金賭《か》けるの？」

「まあ、新聞社主催のタイトル戦は賞金が出るし、雑誌主催の対局もあるしね。他に個人的に指導して謝礼をもらうとか」

銀平はメニューを見ながら答え、本日の鮮魚醤油《しょうゆ》風味カルパッチョと日本酒を注文した。

「赤目さんクラスになれば、ちょこっと教えるだけで五千円や一万円は軽いと思うよ」

「まあぁ」

「社長とか政治家で、将棋好きな人も多いし」

「あらあ」

そんなことでそんな大金をもらえるなんて……と言おうとすると、銀平は察したように先回りした。

「だけどね、プロの棋士《きし》になるのは大変なんだよ。今は奨励会《しょうれいかい》って制度があって、確か去年から三十一歳までに四段に上がれないと、退会しないといけなくなったんだ。つまり、プロになれないんだな。赤目さんの頃は奨励会はなかったと思うけど、プロの棋士が狭き門なのは今も昔も変らないよ」

「知らなかった。あのおじいさん、すごい人なのねえ」

一子は銀平の説明で、やっと赤目の偉さを実感出来た。

ところが翌週、赤目は性懲りも無く先週のホステスを連れてはじめ食堂にやってきた。今夜もクラブに同伴するらしい。

翌日の昼、赤目はしょんぼりした顔で現れ、コンソメスープとビールを注文した。またしても有り金全てむしり取られたに違いない。

夜には宮本が店についてきて、代わりに代金を支払い、向こう一週間分の赤目の食事代を先払いした。

宮本は「将棋春秋」という雑誌の編集長で、谷山は赤目の担当編集者だった。二人は変人で放浪癖のある赤目のために、ツケを支払ったりアパートの世話をしたりしているのだ。

「大変ですねえ」

一子は同情を禁じ得なかった。

「編集者って、そんな付き人みたいなことまでしなくちゃならないんですか？」

「いやあ、私は好きでやってるんですよ」

宮本は少しも迷惑そうな顔をしなかった。

「赤目先生は憎めないところがありましてね。将棋以外に欲も得もない方で……つい、放《ほう》っておけなくなるんですよ。きっと、谷山も同じ気持ちです」

事実、宮本が赤目を見る眼差《まなざ》しには、父が子を、兄が弟を見るような慈《いつく》しみが感じられる。

一子は宮本の厚情に感心しつつ、どうにも不可解だった。

翌日の昼、ケロリとした顔ではじめ食堂に現れた赤目を見ると、お節介とは思いながらも、意見せずにはいられなくなった。

「赤目さん、大事なお金を、知り合ったばかりの女の子にそっくりあげちゃダメですよ」

「面目ない」

さすがに恥ずかしそうに目を伏せたが、本当に懲りているかどうか怪しいものだ。

「しかし、ああいう場所で働いている娘たちは、みんな事情を抱えているのでな。頼りにされると、つい気の毒になってしまうのだ」

「赤目さんだって結構お気の毒ですよ。そのお年でご家族と別れて、安アパートで一人暮らしなさってるんじゃありませんか。他人の心配してる場合じゃありませんよ」

「言われてみればその通りだが……」

赤目はそこでぐっとビールを飲み干した。

「わしは所詮《しょせん》独り者だ。何処《どこ》で野垂《のた》れ死《じ》にしようと心配する者のない、気楽な身の上だ。しかし、あの娘たちは若い身空で家族を抱えて必死で働いている。それが哀れでな」

だから、そんな身の上話は口から出任せに決まってますって。お金を引き出すための方便ですよ……。

喉元《のどもと》まで出かかった言葉を、無理に飲み込んだ。実際、赤目の言うような例は沢山ある。全部でたらめと言い切る自信は無かった。

「でも、もう少し真面目《まじめ》にご自身の行く末を考えなくちゃいけませんよ。心配する人はいないって仰るけど、宮本さんも谷山さんも、赤目さんのことを心配なさってるじゃありませんか」

「彼らに迷惑を掛けているのは申し訳ない」

その点は内心忸怩《じくじ》たるものがあるらしい。

「差し出がましいようですけど、もう少し滋養のある物を召し上がってください。毎日ビールとコンソメだけじゃ、栄養失調になってしまいますよ。スープ以外で食べられる物があったら、仰って下さい。おかゆでも煮込みうどんでも、何でもお作りしますから」

「それは、ありがとう」

赤目は目を細めて微笑んだ。

その時一子もやっと気が付いた。

あら、いやだ。あたしも宮本さんと同じじゃないの。放っとけなくてお節介焼いてるんだわ……。

その夜、赤目ははじめ食堂で初めてコンソメスープ以外のメニューを食べた。コンソメで野菜とご飯を煮込んで卵でとじた「洋風おじや」を。

「いやあ、実に美味い」

赤目は顔をほころばせ、ひと皿きれいに平らげた。

一子も、孝蔵に言われてそれを作った亮介も、ホッとしてちょっぴり嬉しくなった。

翌日の昼、ランチタイムが一段落した頃に赤目はやってきた。

店にいる客は遅い昼食を食べている佐伯直だけだった。

「いらっしゃいませ。今日は何を召し上がりますか?」

赤目は懐手に腕を組み「う〜む」と考え込んだ。将棋の対局で長考でもしているようで、一子はおかしくなった。

「ポタージュスープなんか如何《いかが》ですか?」

「では、それをもらおう」

一子は厨房に注文を通し、紙ナプキンにくるんだスプーンを赤目の前に置いた。と、赤目は突然胸を押さえ、苦痛に顔を歪《ゆが》めた。

「どうなさったんですか?」

赤目は答えず、胸をかきむしって海老《えび》のように背中を丸め、床に倒れ込んだ。佐伯直が素早く席を離れ、赤目の傍《かたわ》らに膝《ひざ》をついて顔を覗き込んだ。

「奥さん、救急車!」

緊迫した声に、一子は電話に飛びついた。

孝蔵も厨房から飛び出してきた。

「先生、どうします? このまま車で聖路加に運びますか?」

直は咄嗟《とっさ》に首を振った。

「今動かさない方が良いわ。途中で心臓が止まる恐れがある」

その一言で、一子は凍り付いた。

厨房から出てきた亮介も青ざめて立ちすくんでいる。

遠くから救急車のサイレンの音が聞こえ、だんだん近づいてきた。やがてその音は店の前で止まった。

隊員たちが店に駆け込み、赤目を担架に載せた。直も一緒に救急車に乗り込んだ。

再びサイレンの音が響き、今度は遠ざかっていった。


「昨日はご迷惑をお掛けしました」

翌日、昼の営業を終わる頃に宮本がはじめ食堂を訪れた。

「いいえ。宮本さんも大変でしたねえ」

赤目が救急車で搬送された直後、一子はもらっていた名刺を頼りに宮本に連絡した。宮本はすぐに病院に駆けつけた。病名は心筋梗塞《こうそく》で、緊急手術が行われた。

宮本はずっと赤目に付き添って深夜に帰宅し、今日も早朝から病室に詰めているという。疲労のせいで頰《ほお》の肉が落ち、顔がしぼんで見える。

「容態はどうなんでしょう？」

「それが……」

宮本はどんよりと暗い顔をして肩を落とした。

「心筋梗塞は大したことはなかったんですが、肝臓に癌《がん》が見つかりまして……。すでに全身に転移していて、医者が言うにはもう手の施しようがないと……」

「まあ」

「もって、三ヶ月の命だと言われました」

宮本は沈痛な顔つきで言葉を絞り出した。一子と孝蔵は言葉もなく、ただ互いの顔を見合わせた。

「あのう……」

亮介が恐る恐る口を挟んだ。

「赤目さんの別れた奥さんと子供に、知らせてあげた方が良いんじゃないですか？」

「そうも思いましたが、何しろずっと前に離婚なさってますからねえ。今更危篤《きとく》の知らせをよこされても、あちらはかえってご迷惑じゃないかと思うんですよ」

「でも、赤目さんは会いたいんじゃないでしょうか？」

珍しく、亮介は食い下がった。

「……そうですね」

宮本は浮かない顔のまま少し考えていたが、やがて決断した。

「やはり、連絡してみましょう」

「よろしくお願いします」

亮介はぺこりと頭を下げた。あの夜、別れた妻の作ってくれたコンソメスープの思い出を語った赤目の顔を、まだ覚えている。何があったにせよ、余命残り少ないと分ったら、絶対にもう一度会いたいはずだった。

ところが、そう上手《うま》くは行かなかった。

「何とか連絡は取れたんですがねえ」

翌日の夜、はじめ食堂にやってきた宮本は、カウンターにどっかりと腰を下ろすと、ビールとコンソメスープを注文し、おもむろに口を開いた。

「とっくの昔に縁は切ったので、会いたくないと仰るんですよ」

赤目の妻子は元の住所に住んでいたので、探すのは簡単だった。妻は志保《しほ》、息子は将志《まさし》という。将志は今年三十歳、地方公務員で、結婚して子供がいる。

「赤目先生が女を作って家を出奔《しゅっぽん》したのは、将志君が十歳の時です。奥さんはそれ以来、女手一つで息子さんを育ててこられたわけで、母親の苦労を思うと、そんな男を父親と思うことは出来ないと。そう言われると、私もそれ以上は何も……」

宮本は海老フライとグラタンを追加で注文した。

「息子さんの方が強硬なんですね」

一子が聞くと、宮本はグラスに注《つ》いだビールを飲み干した。

「奥さんは、ある程度水に流してる感じでした。家を出てからも律儀にずっと養育費を送ってきたので、今となってはあまり恨《うら》んでいないそうです。ただ、息子さんは多感な時期でしたから、父親に捨てられたという恨みが消えないんでしょう」

宮本はビールをもう一本注文した。

「しかし、何しろ家はすでに将志君の代になってますからね。奥さんとしても、息子の意向に逆らってまで先生を見舞う気にはなれないんでしょう」

カウンター越しに二人の会話を聞きながら、亮介は心が波立つのを抑えきれなかった。将棋を見ようかと言ったときの赤目の顔が思い出される。

あの人はきっと勝負に打ち込んでいて、息子さんに将棋を教えたことがなかったんだ。だから今になって、息子に将棋を教えてやれば良かったと思って、寂《さび》しい気持ちを抱えているんだ。

翌日、佐伯直がランチを食べに来た。難しい手術が控えているらしく、今日のメニューはビフテキだった。

「先生、赤目さんのことなんですけど」

一子は思いきって尋《たず》ねた。

「うちのコンソメスープを病院に差し入れたらダメでしょうか?」

「……そう言えば、お昼はいつもコンソメとビールだったわね」

「大好物なんですって。だから、もし治療に差し支えなかったら」

直は顔をしかめて首を振った。

「治療なんてもう出来ないのよ。だから、もし本人が食べたい物があったら、何でも差し入れてあげてください」

直は一子を見て頷いた。

「人間って、口から物を食べないと力がつかないらしいわ。点滴じゃダメなのよね。お宅のコンソメなら美味しくて栄養満点だから、良いと思うわ」

一子はホッとして、厨房にいる亮介を振り向いた。亮介も笑顔で応《こた》えたのだった。


「いやあ、ありがとう。わざわざすまない」

亮介が休み時間を利用して聖路加病院に赤目を訪ねると、個室には誰もおらず、ベッドの上の棋盤を眺めていた。指し手を考えていたのかもしれないが、亮介の顔を見ると、嬉しそうに棋盤から目を上げた。

案の定、孝蔵のコンソメスープを差し入れると大喜びだった。

「病院のめしは口に合わん。味も素っ気も無い」

見たところ、以前より特別具合が悪い様子でもなかったが、元々痩せて顔色も良くなかったのだから、当然かもしれない。

「赤目さん、奥さんと息子さんはお元気だそうですよ。会いたいでしょう?」

赤目は苦笑を浮かべた。

「向こうは会いたいとは思わんだろう。顔を見せないのは、そう思っている証拠だ」

そして、優しい目で亮介を見た。

「しかし、これは自業自得で仕方ないことだ。わしは良い亭主ではなかったし、良い父親にもなれなんだ」

「何故ですか？」

亮介はつい口に出した。

「赤目さんは別れた奥さんのことが今でも好きなんでしょう？　だからコンソメスープが好きなんでしょう？　それなのに、どうして離婚するようなことをしたんですか？」

赤目はプッと吹き出し、楽しそうな笑い声を立てた。

亮介は黙って笑いが収まるのを待った。

「君は良い青年だ」

笑い終わると、今度は真面目腐って言った。

「わしは両親の顔を知らん。生まれてすぐ両親とも亡くなり、親戚《しんせき》に引き取られて育った。有《あ》り体《てい》に言えば、厄介者《やっかいもの》扱いされて、親戚中をたらい回しにされて育った」

赤目は昔を思い出しているのか、天井を睨んで目を瞬《しばたた》いた。

「将棋で食えるようになってから、志保と知り合った。気持ちの優しい、面倒見のいい女でな。惚《ほ》れ合って夫婦になり、将志も生まれた。本当ならこれでめでたし、めでたし、すべて上手く行くはずだった。ところが……」

赤目は急に肩を落とし、小さくため息を吐いた。

「わしは、どういうものか居心地が悪くてなあ。女房と子供に囲まれた幸せな生活というやつが……性に合わんのだ」

「何故ですか？」

「それが分れば苦労はない」

赤目は別に冗談を言っているわけではなく、真面目に話していた。亮介には理解できなかったが、赤目が家庭を捨てざるを得なかった気持ちというのは、何となく伝わってきた。本人にもどうしようもない何かが邪魔をして、赤目を幸せな家庭生活から追い出してしまったらしい。

「まあ、こんな次第でな。本人も納得出来んのだから、女房と子供が納得しがたいのは当然だ。すべてはわしの罪だ。その罰は甘んじて受ける以外あるまい」

赤目の言葉に嘘はないのだろう。

それでも亮介は、心の底に透けて見える寂しさを感じ取っていた。

宮本は渋い顔をした。

「しかしねえ、君。僕だって言葉を尽くして説得したが、遂に向こうは頑として首を縦に振らなかったんだから」

亮介はそれでも諦めなかった。

「直接ご家族にお目に掛かって頼みたいんです。それでダメだったら諦めます」

「こいつの気の済むようにやらせてもらえませんか？」

孝蔵も口添えした。

「短い間でしたが、アパートで隣同士で暮らしていましたし、赤目さんには孫みたいに可愛《かわい》がってもらったそうなんで」

孫みたいは大袈裟《おおげさ》だが、好意を持たれたのは本当だった。

「……そうですねえ。よし、分りました。あちらも彼の若さに免じて、頼みを聞いてくれるかもしれません」

宮本は亮介に、赤目の家族の住所を明かした。

月曜の休みに、亮介は赤目家を訪ねた。

そこは雑司《ぞうし》が谷《や》霊園の近くにある住宅地の二階家で、住所は昔と同じでも家は新しく建て直したようだった。

訪ねたのが午後三時なので、将志は勤めに出て留守で、家には志保と将志の妻、それに幼稚園から帰ったばかりの千里《せんり》という男の子の三人がいた。

志保は赤目の言ったとおり、優しいおばあさんだった。亮介が挨拶して来意を告げると、初対面の青年を応接間に通して、詳しい話を聞いてくれた。

「……赤目さん本人も、すべて自分の責任だと仰って、奥さんや息子さんと対面することは諦めています。でも、理屈ではそう思っても、気持ちは違うと思うんです。もうすぐ死んでしまうなら、一番好きな人に会いたいに決まってます」

亮介は座布団を外して畳に両手をついた。

「何とか、ひと目だけでも会ってくださらないでしょうか？　僕は、うちの店でコンソメスープばかり飲んでいた赤目さんが気の毒なんです。奥さんの得意料理で、懐かしい味だからって、毎日コンソメを注文していました。家出したのは悪いけど、でも、何処《どこ》にいても奥さんとお子さんのことを思っていたはずです」

「まあ、あなた、どうぞお手をお上げになって」

亮介が顔を上げると、志保は穏やかに微笑んだ。

「仰ることは良く分りますよ。私も、あなたと同じことを考えましたから」

考えを整理するように、志保は片手を頬に当て、わずかに首を傾けた。

「あの人が女と家を飛び出したときは、そりゃあショックでしたよ。悔しくて悲しくて、泣き明かした夜もありました。でも、時間が経《た》つと、だんだん分ってきたんです。野生動物を檻《おり》に入れて飼おうとしても、それは無理なんだって」

赤目は住んでいた家と銀行預金をそっくり志保に残し、将志の養育費も毎月きちんと送ってきた。お陰で母子二人、生活に困らずに暮らしてゆけた。そんなこともあって、年月と共に赤目に対する怒りも次第に小さくなった。

すると、あるとき不意に思い当った。赤目は家庭を知らずに育った。だから家庭生活に適応できなかったのだと。それは身に背負った宿命に近いのではなかろうか。

「今は、何だか可哀想《かわいそう》な気がします」

志保は亮介を見て、きっぱりと言った。

「私は息子の一家を連れて、お見舞いに行こうと思います」

「ほんとですか⁉」

志保は大きく頷いた。

「息子が頑なに対面を拒んでいるのは、一つには私に対する遠慮でしょう。今まで、父親についてこれほどきちんとした話をしたことがありませんでしたから。今夜、息子が役所から帰ってきたら、さっきのような話をするつもりです」

「ありがとうございます！」

亮介は嬉しくなって、声を弾ませた。

その翌日、志保と将志一家は赤目の病室に面会に訪れた。

「………………」

二十年ぶりに妻と息子を目の当たりにした赤目は、ハッと息を呑《の》んだきり、言葉も出ない様子だった。

その日も昼休みにコンソメスープを差し入れに来ていた亮介は、気を利かせて病室を出ようとした。

赤目は将志の息子の千里に視線を吸い寄せられていた。

「……将志。昔とちっとも変らんな」

「バカ、将志は俺だよ。これは息子」

「おお、そうか。なるほど」

「まったくあなたって人は、いい年になっても、おっちょこちょいは直りませんね」

「いや、面目ない」

とぼけた会話を背中で聞いて、そっとドアを閉めた。ドアの向こうに、温かな笑い声が小さく起こった。


三ヶ月後、赤目は息を引き取った。

その間、志保と将志は週に一度は見舞いに訪れていた。

看護婦の話では、元夫婦と親子の間にはいつも和やかな空気が流れ、笑い声も絶えず、湿っぽい会話や愁嘆場《しゅうたんば》は最後まで聞かれなかったという。

「眠るように安らかなご最期《さいご》でした。やはりご家族と再会して、胸のつかえが取れたんでしょう。あんなに幸せそうなお顔の赤目先生には、ついぞお目に掛かったことがありません」

死に目に立ち会ったという宮本は、葬式の後、はじめ食堂にやってきてそう語り、ハンカチで目頭を押さえた。

初七日が過ぎた頃、日曜日の夜に志保と将志一家がはじめ食堂を訪れた。

「お宅には、亡くなった父が大変お世話になりまして、お礼の申し上げようもございません」

将志は一子に菓子折を差し出し、丁寧《ていねい》に礼を述べた。顔立ちは赤目より志保に似ていて、態度物腰も公務員らしく折り目正しかった。

「今日は父を偲《しの》んで、お宅で食事したくてやってきました」

「それはありがとう存じます」

一子も孝蔵も亮介も、はじめ食堂としてこんな嬉しいことはない。

一家は赤目の好物だったコンソメスープを始め、様々なメニューを注文し、美味しそうに平らげた。

帰り際、志保が目を潤《うる》ませて言った。

「あの人、いつからお世辞を言うようになったんでしょうね。私の作るコンソメスープは、こんなに美味しくなかったのに」

第六話 別れのラーメン

こんにちは　こんにちは　西のくにから
こんにちは　こんにちは　東のくにから

三波春夫《みなみはるお》の歌声がクリーニング屋の店先に置いたラジオから聞こえてくる。今年三月に大阪で開催される日本万国博覧会のテーマミュージックで、去年からあちこちで耳にするようになった。

去年は人間が月へ行ったかと思ったら、今年は万博かあ……。

あまりにも目まぐるしく移り変る世の中に、一子《いちこ》は時々ついて行けず、置いてけぼりにされそうになる。東京オリンピックだって、ついこの間の出来事のような気がするのに、もうあれから六年も経《た》とうとしているのだ。

そうだ、考えてみれば高《たかし》も今年は中学生じゃない。いつの間にそんなに大きくなったのかしら？　早いわねえ、時が経つのって……。おっと、いけない！　もう制服を注文しとかなくちゃ、卒業式に間に合わないわ。

町には学校指定の洋品店があって、中学に上がる子供を持つ家庭はみなそこに頼んでいた。一子はクリーニングに出した孝蔵《こうぞう》のモーニングを受け取ると、洋品店に足を向けた。

昭和四十五(一九七〇)年、一月の初めのことだった。

「良い結婚式だったわねえ」

「本当に」

帝都ホテルの宴会場「孔雀《くじゃく》の間」から出てくる招待客は口々にそう言った。「孔雀の間」は帝都ホテルで二番目に大きい宴会場で、招待客の数も二百名に上った。

大安吉日のこの日は、松方英次《えいじ》と風間紗栄子《さえこ》の結婚披露宴が行われた。

この時代の結婚式は当人同士というより、家同士の都合が優先されるところが残っていた。英次の父は大きな玩具《おもちゃ》メーカーの経営者で、紗栄子の父は大手商社の役員だったから、親の招待客の方が当人たちの客より多かった。もっとも、式の費用は全部親が出してくれたので、文句は言えないが。

当の英次に不満はなかった。二十七歳の今日まで結婚を待ってくれた紗栄子のために、出来るだけ豪華《ごうか》な式を挙げてやりたいと願っていたから、若い二人に不似合いな豪勢な結婚式を挙げられたことを素直に感謝した。紗栄子も同じ気持ちだったろう。

式の目玉は何といっても料理だった。帝都ホテル総料理長であり、今や日本が誇る世界的名シェフと言っても過言ではない涌井直行《わくいなおゆき》が陣頭指揮に立ち、腕を振るった逸品《いっぴん》の数々が饗《きょう》されたのである。しかも、客席に現れてマイクを持ち、自ら料理の説明をするサービス付きだったから、招待客の感激もひとしおだ。

いや、招待客だけではない。本当は一番感激したのは新郎の英次かもしれない。雲の上の人が自分のために特別に料理を作り、特別サービスで振る舞ってくれたのだから。

「……一生の思い出です」

涌井が最後の料理の説明を終えて退出したとき、英次は感激のあまりうっすらと目を潤ませた。

「何だか、妬《や》けちゃうわ。私より料理ばっかり見て」

紗栄子がチラリと英次の横顔を見て、軽く肘《ひじ》でつついた。

そんな新郎新婦の様子に、一子と孝蔵は仲人《なこうど》席でそっと微笑《ほほえ》んだ。

二人の結婚式は戦後間もない頃だったから、孝蔵の父の店「寿司貞」でささやかに行い、身内以外で招待したのは涌井と「ランバン」の蘭子《らんこ》・伴雄《ともお》夫婦くらいだった。それはそれでほのぼのとした良い思い出だが、目の前で繰り広げられた豪華な饗宴《きょうえん》も、一子はまるで映画でも観《み》ているような気がして楽しかった。文金高島田・ウェディングドレス・振《ふ》り袖《そで》・お色直しのドレスと、何度も衣装を替えて現れた紗栄子は、人生最高の幸福を満喫して輝いていた。

もっとも、その度に花嫁に付き添って控え室に行ったので、涌井の料理をゆっくり味わう暇が無かったのは残念だったが。

帰りの車の中で、一子はため息混じりに言った。

「あたしも、また結婚式やりたくなっちゃったわ」

「おい、おい」

「うそ」

一子はペロリと舌を出して、孝蔵の肩にもたれかかった。孝蔵は苦笑したが、家に着くまでずっと肩を貸してくれた。


「昨夜、お宅にいた若い人の店に行ってきたわ」

海老《えび》フライの皿を運んで行くと、佐伯直《さえきすなお》が言った。英次は去年限りではじめ食堂を退職し、独立してフランス料理の店を開いたのだ。

「まあ、それはありがとうございます。如何《いかが》でした？」

「美味《おい》しかったわよ。私と友達はアラカルトで頼んだけど、メニューのバランスが良いと思ったわ。ワインの品揃《しなぞろ》えもなかなかだし」

「先生に褒《ほ》めていただければ、安心です」

英次の店は「ビストロ・シェリ」という名で、英次と紗栄子のイニシャルを組み合わせてフランス語にした。場所は歌舞伎座《かぶきざ》の裏手で、魚河岸《うおがし》も近い。銀座にやってくる客の他に歌舞伎座帰りのお客も見込める絶好の立地だった。一昨年から二人で都内を巡《めぐ》って物件を探し、やっと条件に合うものを見つけたのだ。

紗栄子は三年前、二十五歳の誕生日を迎えたのを機に会社を退職し、花嫁修業を始めた。お茶やお花ではなく、店を持ったとき役に立つように、ワインと接客の勉強をしたのだ。末永く夫婦として苦楽を共にしようとする決意の表れだった。

「あそこのマダムも感じ良いわね。若いのによく勉強してるわ」

紗栄子の応対も気に入ったようだった。

「お客そっちのけで派手に着飾る人もいるけど、彼女は料理とお客さんが主役だってわきまえてたわ。でも、ほんとは美人って、地味にした方が映《は》えるのよね、一子さんみたいに」

「あら」

そう言う直も美しいと一子は思っている。華やかさはないが顔立ちは整っているし、スタイルも悪くない。理性的できっぱりした態度物腰も、好む人は多いはずだ。

しかし、トップクラスの心臓外科医という地位が邪魔をするのか、やたらな男はそばにも寄れない。本人も仕事に専心して結婚など考えていないらしい。それでますます縁遠くなってしまう。

悪循環だわ。どこかで断ち切らないと、一生独身のまま……。

お節介とは思いつつ、一子は気が揉《も》めた。直は一子と同じくらいの年で、ということは四十が目の前だった。結婚だけが女の幸せとは思わないが、幸せな結婚生活を送っている一子は、直が相応《ふさわ》しい伴侶《はんりょ》を得るように願わずにはいられなかった。

「でも、あたしの周りに先生のお婿さんに相応しいような人はいないしねえ……」

「なに、言ってんだ?」

一子はハッと我に返った。今は孝蔵と差し向かいで朝ご飯を食べているところだ。沢庵《たくあん》をつまんだ箸《はし》を宙で止めたまま、ふと考え込んでしまったらしい。

「ううん、何でもない。独り言」

「それより、三月から一人、新人を入れようと思う。料理学校の卒業生を募集して」

英次が独立したので、はじめ食堂の厨房《ちゅうぼう》は孝蔵と真也《しんや》、亮介《りょうすけ》の三人になった。元々三人で始めた食堂なので人手は間に合っているが、孝蔵は将来を見越していた。

「真也も、あと二、三年したら自分の店を構えて独立するだろう。その時までに使えるようになってくれないと困るからな」

「じゃあ、亮介君もいよいよ兄貴分になるのね?」

亮介は真面目《まじめ》で努力家だから、料理修業の経験はないものの、毎日地道に仕事を覚えていった。特に英次の独立が決まってからは、三分の一の戦力という自覚が芽生え、めきめき腕を上げていると孝蔵は言った。弟分が出来れば、いよいよ励みになるだろう。

佃《つくだ》大通りと交差する佃仲通りを西へ、ちょっと月島に入った辺りに小さな喫茶店がオープンしたのは、一月の終わりの寒い日だった。

カウンター五席に二人掛けのテーブル二つと四人掛けテーブルが一つだけ。はじめ食堂よりちっぽけな「ベル」という名のその店は、開店するやいなや、町中の評判になってしまった。

「何しろ店のママが若くて美人なんだよ」

物見高い山手政夫は早速偵察《ていさつ》に行き、はじめ食堂で報告した。

「スタイル抜群でさ」

そして、カウンター越しに真也と亮介に声を掛けた。

「お兄さんたちも、休み時間に見物しておいでよ」

「政さんたら。動物園じゃないんだから」

一子が呆《あき》れた声を出すと、政夫の隣で日本酒のグラスを傾けていた辰波銀平《たつなみぎんぺい》が、訳知り顔で口を出した。

「政坊の言うとおりだよ、いっちゃん。あのママ、銀座の〝プロムナード〟にいた娘《こ》だよ。コーヒー一杯で拝めりゃ安いもんさ」

「プロムナードって？」

「超の付く高級クラブ。政財界の大物御用達《ごようたし》」

「おじさん、何でそんな店知ってんの？」

今度は政夫が目を丸くした。

「仲間が酒配達してて、聞き込んできたんだ。ナンバーワンホステスが突然店辞《や》めて、月島辺《あた》りで喫茶店開いたって。そりゃ、あそこしかないだろ？」

そんなやりとりがあったものだから、真也と亮介も早速翌日の昼休み、ベルへ出かけていった。

「いやあ、実物は聞きしに勝る、でしたよ」

真也が魂を抜き取られたような顔で言った。

「ちょっと、オードリー・ヘップバーンに似てました」

お供でくっついていった亮介も口を添えた。

近所の工員やサラリーマンがドッと押しかけて、店内は大盛況だったという。

「なるほど。〝月島のオードリー・ヘップバーン〟か」

二人の報告を聞いて、一子も大いに気持ちをそそられた。

「孝さん、あたしたちもちょっと覗《のぞ》きに行かない？」

「良いよ。別に顔でコーヒー淹《い》れるわけじゃなし」

孝蔵は面倒くさそうに断った。

「あら、行きましょうよ。オードリー・ヘップバーンが間近で見られるのよ」

「〝月島の〟だろ」

しかし、結局は孝蔵も一子に押し切られて、翌日の休み時間にベルへ行くことになった。真也と亮介も一緒だった。

「いらっしゃい」

店に入るとカウンターの中から声が掛かった。この店のママだろうか、まだ若い。二十二、三歳に見える。今や日本にもすっかり定着したミニスカートから、すらりと脚が伸びていた。

「あら、今日はＰＴＡがご一緒？」

からかうように言って微笑《ほほえ》んだ。男たちは三人とも揃《そろ》いの白衣を着ているので、一目で同じ店の人間だと分るのだ。

「どうぞ、お好きな席にお掛け下さい」

若いママが一子と孝蔵に愛想良《あいそよ》く笑顔を向けた。くっきりした太めの眉毛《まゆげ》と強く輝く大きな瞳《ひとみ》の持ち主だが、アイラインと付け睫毛《まつげ》で素人離れした化粧をしていた。一子はオードリー・ヘップバーンと言うより「ＯＨ！　モーレッ！」のＣＭで有名な小川ローザに似ていると思った。

一子は横にいる孝蔵の顔をチラリと見た。そして、愕然《がくぜん》とした。

何と、孝蔵は目を見張り、わずかに口を開けている。まさに「息を呑《の》む」という表情を浮かべているではないか。

「ねえ、ここで良いんじゃない？」

「ん？　ああ」

孝蔵は一子に促されてやっと我に返り、二人掛けのテーブルに腰をおろした。真也と亮介はカウンターに陣取った。

「何にする？」

「……コーヒー」

「じゃ、あたしも。すみません、コーヒー二つください」

孝蔵は落ち着きなく、チラチラとカウンターに目を遣《や》っている。明らかにあの若い女に気を引かれているのだ。そんな孝蔵の姿を見るのは初めてだったから、一子はどうして良いか分らず、黙って気を揉んでいた。

運ばれてきたコーヒーは可もなく不可もなくという味だった。もっとも、一子は孝蔵が気になって、味なんか分らなかったが。

帰り際、真也と亮介の分も一緒に勘定《かんじょう》を支払うと、ママは名刺を差し出して一礼した。

「今後とも、どうぞご贔屓《ひいき》にお願いします」

名刺には「ベル店主　樋口玲子《ひぐちれいこ》」とあった。

「……樋口さんですか?」

孝蔵は名刺と玲子の顔を見比べた。

「はい。何か?」

玲子は上目遣いに孝蔵を見て問い返した。その目つきに曰《いわ》く言いがたい不穏な気配が漂っているのを、一子は見逃さなかった。

「いや、別に。どうもごちそうさまでした」

孝蔵は名刺を白衣のポケットにしまい、そそくさと店を出た。

一子は孝蔵と並んで歩きながら、胸の中にどす黒い不安が渦を巻いてゆくのを感じていた。

「あの人、知り合い？」と、たった一言聞けばすむことなのに、出来なかった。

もしかして、取り返しのつかないことを聞かされるかも知れない……それが怖かった。

一子の懸念は取り越し苦労ではなかった。

その日以来、孝蔵には何かを思い悩む様子が垣間見《かいまみ》え、しかも週に一度か二度は休み時間にベルへ行くようになった。

「一緒にどうだ？」

孝蔵は声を掛けてくれたが、一子は素直に「うん」と言えなかった。のこのこついて行ったら、それこそ「夫の浮気を心配して身辺に目を光らせているヤキモチ焼きの女房」になってしまう。

いや、事実そうなのだが、これまで孝蔵の愛情を信じ切っていただけに、自分がそんな惨めな立場になってしまったと自覚するのは耐えられなかった。女のプライドが許さない……。


三月十四日には大阪で万国博覧会が開幕した。

日本中が万国博のニュースで賑《にぎ》わう中、はじめ食堂に新しい従業員がやってきた。

富永亘《とみながわたる》という青年で、今時珍しい坊主頭にクリクリした丸い目、邪気のない笑顔は好感度抜群だった。難関の料理学校を優秀な成績で卒業したので、高級ホテルや一流フレンチレストランへ就職することも可能だったのだが、自らはじめ食堂へ売り込みにきた。

「どうか、ここで修業させて下さい。一《にのまえ》シェフの調理を間近で見ながら働けるなんて、夢みたいです！」

すぐに採用に決まった。

「よろしくお願いします！」

初出勤の朝、亘は大きな声で挨拶《あいさつ》し、一人一人にピョコンと頭を下げて回った。

「西先輩、僕やります！」

これが勤務の初日とは思えないくらい、亘はよく働いた。洗い物も野菜の下処理も、言われる前から取りかかり、しかも仕事が早くて正確だった。ジャガイモや人参《にんじん》の皮を剝《む》く速さに亮介は目を見張った。

「剝き終わったらシャトー切りにして」

真也が次の指示を与える。シャトーとはフットボールのような形の切り方で、亮介はかつて形を揃《そろ》えるのに苦労したが、亘は大量のジャガイモと人参をいとも簡単に仕上げていった。

それだけではない。初めての職場だというのに「〇〇取って」と言われると、教えられなくても置き場所に手が伸びる。まるで身体《からだ》の中に探知機を備えているか、頭の中に厨房の図面が仕込まれているかのようだ。

昼の営業を終わり、賄《まかな》いの時間が始まる頃《ころ》には、亮介はこの新入りの優秀さにすっかり舌を巻き、気圧《けお》されてさえいた。

「天津丼《てんしんどん》ですか？　僕、大好物なんです。いただきます！」

　今日の賄いは例によってクズ野菜と肉の切れ端《はし》を使った料理で、メインは天津丼、副菜は中華風サラダ、ジャガイモと人参の皮のキンピラ、わかめスープだった。

「亘君はフレンチのシェフを目指してるんでしょ？　どうしてホテルやレストランじゃなくて、うちみたいな洋食屋を選んだの？」

　一子は素朴な疑問を口にした。

「はい。大きな店は新人は皿洗いと雑用ばっかり一年もやらされたりするんで、イヤだったんです。僕は少しでも早く料理を覚えたいから。ここは親方が一流で所帯が小さいから、色々なことをやらせてもらえると思って、それで決めました」

「まあ、偉いのねえ」

　端《はた》で聞いていた亮介も感心していた。亘は二十歳になるやならずの若さで、こんなしっかりした考えをもって料理に取り組んでいる。それに引き替え自分は、たまたまはじめ食堂に飛び込んで孝蔵に拾ってもらっただけで、料理のイロハも知らずに調理人を目指すようになった。もしかしたら、俺がこの四年間で勉強したことより、亘はすでにずっと先を進んでいるのかも知れない……。

　日を重ねるごとに、亮介は暗澹《あんたん》たる思いに包まれるようになった。

　亘は手先が器用で物覚えが良いだけではなく、味付けのセンスも抜群に優れていた。亘が作った賄いを食べたとき、亮介はショックを受けた。亮介の作る賄いが「家庭の味」なら、亘の賄いは明らかに「プロの味」だった。同じように野菜クズと肉の切れ端を使っても、多種類のスパイスを効かせて作る料理はスッキリと洗練されていて、そのまま客席に出してもおかしくないほどだった。

亮介は嫉妬《しっと》を感じずにはいられなかった。天の不公平を呪《のろ》わずにはいられなかった。同時に、そんな自分を恥じてもいた。

亘は自分の腕や才能をひけらかすような素振りはまったく見せなかったし、裏表なくこまめに働き、真也を「チーフ」、亮介を「先輩」と呼んできちんと立てた。休憩時間にはスポーツ選手やアイドルの話をして、他愛もなく笑っている。生まれつき人なつこくて邪気のない性格なのだろう。そして、自然と人の輪の中心になるような明るい魅力を備えていた。

亮介はここ数日、亘を見ると何故《なぜ》か、耳の奥で三波春夫の「世界の国からこんにちは」が聞こえるような気がした。

亘はきっと、太陽になるために生まれたんだ……。

夜、一人アパートの部屋で、亮介は深いため息を吐《つ》いた。

ラジオから三月三十一日に起こった「よど号ハイジャック事件」の続報が流れてくる。山村《やまむら》運輸政務次官が身代わりになって人質が解放され、飛行機は平壌《ピョンヤン》の飛行場へ到着し、北朝鮮は犯人九人の亡命受け入れを表明……。

そして、俺は月にもなれない。

亮介はラジオのスイッチを切った。


「ねえ、亮介君、この頃元気ないと思わない？」

一子は空になったビールのグラスを両手で弄《もてあそ》びながら言った。孝蔵の晩酌はビールの大瓶を一本で、一子が一杯付き合うのがおきまりになっている。

「ああ。亘が目から鼻へ抜けるような子だから、びっくりして萎縮してるんだろう」

「……可哀想《かわいそう》に」

ホールで接客を担当する一子から見ても、亘の抜きんでた働きぶりは目立っていた。

「仕方ないだろ。同じ人間なんかいないんだから。他人と自分は違って当たり前だ」

「でも……亮介君は先輩なのに、新入りの方が仕事が出来るんじゃ、立つ瀬がないと思うわ」

孝蔵はゆっくりとビールを飲み干し、グラスを置いた。

「料理に正解はないんだよ。亮介には亮介の良さがある。自分できっちりそれを理解して、前に進む以外運は開けない」

「ねえ、亮介君が亘君より優れているところって、何処《どこ》？」

「ぶきっちょで垢抜《あかぬ》けないとこだ」

一子は思わず吹き出した。

「それ、悪口じゃないの」

「違うさ」

孝蔵はあくまでも真面目な顔で先を続けた。

「一回じゃ出来ないから百回も千回も練習する。味付けも、試行錯誤を繰り返して、やっと一つにたどり着く。最後には、亘が最初の一回で見つけた味より上に行き着くかもしれない」

「分るけど……大変な苦労ね」

「名人上手と言われた人には、不器用で覚えが悪かったって例が多いんだよ。だから努力する。器用な人間は途中で努力を止《や》めてしまう……全部じゃないが。それでも通用するからな」

孝蔵はふと思いついたように言った。

「今日の賄いだが……」

「美味しかったわ。賄いで出すのが勿体《もったい》ないくらい」

「その通り。あれは売り物になる味だ。賄いには美味《うま》すぎる。最初は良いが、ひと月、ふた月と毎日続けて食べていたら飽きてくる。刺激が強すぎるんだ」

一子はびっくりしてしまった。思ってもいない指摘だった。

「つまり、よそ行きの洋服みたいなもんだ。毎日家の中で着るもんじゃない」

「言われてみれば、そうかも知れない」

一子は改めて孝蔵の顔を見た。

「孝さん、そのことを亮介君に言ってあげれば？」

だが、孝蔵は首を振った。

「亮介も、亘も、まだこれからだ。そのうち自分で気付くときが来る。それまでは、見守ってやるしかない」

そして、優しい眼差《まなざ》しを一子に向けた。

「二人とも良い子だ。立派な料理人になって欲しい。一緒に応援してやろう」

「うん」

一子はこみ上げる喜びをかみしめた。

やっぱり孝さんはあたしの孝さんだ。ちっとも変ってない。

それでも、心の隙間《すきま》に忍び込んでくる黒い影がある。

それなのに、まだベルに通ってるのは何故？　あの女の子と何かあるの？　孝さん、お願い。本当のことを教えて……。


ビートルズの解散も、それに続くアポロ13号打ち上げのニュースも、一子は右の耳から左の耳へ聞き流し、気にもとめなかった。

が、その数日後……。

日曜日の夜、家族連れの客が引き上げ始めた八時過ぎに、樋口玲子が店に入ってきた。一人ではなく、趣味の良い服装をした四十代くらいの男と一緒だった。

「こんばんは」

「いらっしゃいませ」

一子は胸に湧《わ》き起こるざわめきを無理矢理押さえ込み、常と変らぬ態度で二人の席に水とおしぼりを運んだ。

初めて来店する客だったが、明らかにサラリーマンとは違う洗練された雰囲気《ふんいき》のその男の顔に、一子は何故か見覚えがあった。

玲子がバッグから細身の煙草《タバコ》を取り出して唇にくわえると、男はジャケットから漆塗《うるしぬ》りのライターを取り出して火を付けてやった。

不意に一子は思い出した。いつか涌井直行と新聞で対談していた相手だ。その後、何かのテレビ番組でも見たような気がする。確か本業は音楽評論家で、美食に関する本がベストセラーになった……。

「有村俊玄《ありむらとしはる》」

一子は口の中で呟《つぶや》いた。

「そうだなあ……ハムサラダとコンソメスープ、後はトンカツでももらおうか」

有村は興味なさそうにメニューを眺め、料理を決めた。

「あたし、ポタージュとメンチカツ」

「ご飯とパンは、どちらをお付けしましょう？」

有村はパン、玲子はご飯を選んだ。

「お飲み物は如何《いかが》なさいますか？」

有村は飲み物のページを開いた。酒類はすべて銀平のお勧めで揃えてある。ビールの他に日本酒は地方の銘酒を五種類、ワインは「無難が一番だよ」というアドバイスを受けて、イタリアの白ワインとフランスの赤ワインを三種類置いてあった。どれもさほど高くないが、味はなかなかだという。

「ビールを」

有村はメニューを閉じると、胡散臭《うさんくさ》そうな目で店内を見回した。

「物好きだな。わざわざこんな店に引っ張ってきて。せっかくの日曜日だって言うのに」

「ここ、評判良いのよ。帝都ホテルで働いてたコックがやってる店なんですって」

「それなら帝都のメインダイニングに連れて行くのに」

「今度ね」

二人の様子を見ていると、明らかに有村は玲子に熱を上げていた。玲子の方は適当にあしらっている感じだった。

「なかなかいけるね」

コンソメスープを一口飲んだ有村が意外そうに言った。もう一度メニューを開き、酒類の欄に目を通してローヌ地方の赤ワインを注文した。銀平が「ボルドーやブルゴーニュより安いけど、結構美味いよ」と推薦した品だ。

「それと、鱈《たら》のソテーを追加で」

有村が孝蔵の料理に俄然《がぜん》興味を引かれたのが分った。食事が終わると、有村は至極満足そうな顔をした。

「意外だな。こんな場末にこれだけの店があるとは知らなかったよ」

そして「場末は余計でしょ」と思っている一子に顔を向けた。

「料理長を呼んでくれないか？　一言挨拶しておきたい」

「畏《おそ》れ入ります」

孝蔵は明らかに気の進まない様子だったが、黙って有村の席へ行き、頭を下げた。

「本日はありがとうございました」

「君は確か……帝都の前の副料理長だったたね？」

有村は帝都ホテルの常連なので、孝蔵の顔を見覚えていたらしい。

「独立したとは聞いていたが、佃島とは知らなかった」

「ここは私の父がやっていた店ですので」

「跡を継いだわけだ。感心だね」

一子は有村の態度物腰を見て、ふと時任恒巳《ときとうつねみ》を思い出した。銀座の有名宝石店の息子に生まれた女たらしの慶應ボーイだ。有村は恒巳ほど軽薄ではないが、何不自由なく生まれ育ち、いつも周囲から敬われている人に特有の雰囲気があった。鷹揚《おうよう》と傲慢《ごうまん》だ。

「よくお店に来て下さるのよ。ね？」

玲子は孝蔵を見て意味ありげに微笑んだ。

「本日はご来店ありがとうございました」

孝蔵はぶっきらぼうに答えたが、一子には自分を抑えているように感じられた。

帰るとき、玲子は見せつけるように有村の腕に腕を絡めた。見送る孝蔵の悩ましげな目つきに、一子は傷ついた。


有村俊玄が週刊誌に連載している人気コラムで「ビストロ・シェリ」を酷評《こくひょう》したのは、それから半月ほど後のことだった。

辰波銀平が発売されたばかりの週刊誌を手に、ランチタイムにやってきて教えてくれた。

「読んでみなよ。ずいぶんひでえこと書いてやがる」

一子はそのコラムを読み進むうちに、激しい怒りがこみ上げてきた。「敢《あ》えて苦言を呈《てい》する」と断っているものの、何か恨みでもあるのかと思うほど悪し様《あざま》に書いてあった。

孝蔵も後ろから覗き込んで、苦々しげに顔をしかめた。

「こんなこと書かれて、今頃あの若夫婦、ショック受けてるだろうな」

銀平が同情を込めて呟いた。

一子はロールキャベツ定食を食べ終えた佐伯直のテーブルに近寄った。脇《わき》には件《くだん》の週刊誌が置いてある。

「先生、有村って人のコラム、お読みになりました?」

「ビストロ・シェリのことでしょ?」

「はい。実際に召し上がった先生からご覧になって、このコラム、どう思われます?」

「言いがかりのコンコンチキだわ」

直が一刀両断したので、一子は思わずニッコリした。

「ただ、このコラムはよく読んでるけど、今回に限って書き方がまるで違うのよね。いつもはもっと、ユーモアとウィットに富んでいて、悪口を言うにも皮肉を効かせて笑いを誘ったり、芸が細かいのに。こんな風に、露骨におとしめるのは、読んだことないわ」

そして気の毒そうに付け加えた。

「ただ、このコラムって、結構影響力あるのよ。客足が落ちないと良いけど」

一子は思わず厨房を振り向いた。

孝蔵は何かと対決するようにじっと宙を睨《にら》んでいた。

「一子、昼休みに一緒にベルへ行こう」

静かな、しかし有無を言わさぬ口調に、一子も黙って頷いた。

ベルには定休日でもないのに「本日休業」の札が下がっていた。だが、孝蔵はかまわずガラスのドアを押して店内に入った。

「あら、いらっしゃい」

玲子はカウンターの椅子《いす》に腰掛けていた。まるで孝蔵と一子が現れるのを予想していたかのように、驚きもせず、艶然《えんぜん》と微笑んだ。

「どうぞお掛けになって。コーヒーは出来ないけど、コーラくらいご馳走《ちそう》するわ」

孝蔵は立ったまま、まっすぐに玲子を見つめた。

「有村があんなコラムを書いたのは、君の差し金か？」

「ええ。はじめ食堂から独立した弟子の店をコテンパンにけなしてくれたら寝ても良いって言ったら、すぐ書いてくれたわ」

玲子は少しも悪びれずに答えた。

「どうしてそんなことを？」

たまりかねて一子は聞いた。玲子が英次に恨みを抱いているとは思えなかった。おそらく、一度も会ったことがないはずなのに。

「奥さんの前で言っても良いかしら？」

玲子は値踏みするように、孝蔵と一子の顔を交互に見比べた。

「あたし、この人の娘なの」

一子は息が止まるほど驚いた。「まさか」とか「そんなバカな」とか、月並みな台詞を忘れるほどに。

「この人とあたしの叔父……母の弟は、終戦の間際に軍隊で一緒になって、仲良しになったの。それで、戦後、叔父が亡くなった後も何くれとなく世話をしてくれて、母はあたしを身ごもった。でも、この人は身重の恋人を捨てて去って行った。そういうわけ」

　一子が声も立てられずにいるのを見て、玲子は先を続けた。

「母は樋口昭夫っていう男と結婚した。闇屋上がりのチンピラよ。それがあたしの戸籍上の父親なんだけど、子供の目から見てもひどい男でね。飲む・打つ・買うで、おまけにしょっちゅう母を殴ってた。つまんない喧嘩沙汰で死んでくれたときは、母もあたしも赤飯を炊きたい気分だったわ。そして、打ち明けてくれたのよ。あたしの本当の父親は一孝蔵という人で、帝都ホテルのレストランで働いている優秀なコックさんだって。優しくて勇気があって男らしくて誠実で、それは素晴らしい人だって。事情があって結婚は出来なかったけれど、この世でたった一人愛した男だって。今はあちらにも家庭があるから親子の名乗りは出来ないけど、お父さんに恥ずかしくないように生きなさいって。死ぬまで何度も、その話を繰り返してたわ」

　玲子はそこまで一気に話すと、唇を嚙んだ。

「母が亡くなったのは、あたしが高校を卒業したすぐ後。苦労ばっかりしてたから、安心して気が緩んだのかも知れないわね。あたしは最初は会社勤めをしていたんだけど、そのうち夜のアルバイトを始めて、いつの間にかそっちが本業になっちゃった。でも、いつか本当のお父さんに会いたいって、ずっと思ってた」

〝にのまえ〟という珍しい姓のお陰で、孝蔵を探すのは簡単だった。帝都ホテルを退職して佃島で洋食屋を開いていると知り、矢も盾《たて》も堪《たま》らず会いたくなった。

「だから、クラブで稼いだお金でここに喫茶店を開いたの。同じ街に住んで、遠くから姿が見られれば良い……そう思ってた。でも……」

突然店に現れた孝蔵は、玲子を見て息を呑む顔になった。

「それで、ああ、この人は母のことを忘れていなかったって分ったわ。あたしは若い頃の母に瓜《うり》二つだから」

玲子は密《ひそ》かに孝蔵を呼び出し、娘だと打ち明けた。しかし……。

「それは誤解だ」

孝蔵はハッキリと否定した。

「あたしは別に、今更この人に何をしてもらおうなんて思っちゃいなかった。身重のお母さんを捨てて姿を消したのも、きっと他人《ひと》には言えない事情があったんだろうって、そう思うことにした。ただ、娘だと認めて欲しかった。父親だって言って欲しかった。それだけであたしは満足だった。それなのに……」

玲子の目には涙の粒が盛り上がり、唇がわなないた。

「俺は真知子《まちこ》さん……君のお母さんが好きだった。それは認める。だが、男女の間柄ではなかった」

「嘘《うそ》つき！」

玲子の顔が憎しみに歪《ゆが》んだ。

「卑怯《ひきょう》だわ！　身重の母を捨てて姿をくらましたくせに！」

「違う」

だが、玲子は聞く耳を持たなかった。

「覚えてなさいよ。このままじゃ済まさないから。弟子の店は手始めよ。今にあんたの店も、営業できないようにしてやるから」

「有村に身を任せてか？」

孝蔵は痛ましいものを見る目つきになった。

「そんなことはよせ。亡くなったお母さんが悲しむだけだ」

「あんたにそんなこと言う資格、ないわ！」

「いい加減に目を覚《さ》ますんだ。もし少しでも身に覚えがあったら、俺は否定しない。君の気が済むように、どんな責任でも取る」

一子はハラハラしながら二人のやりとりを聞いていた。玲子はほとんど逆上していて、まともな話し合いなど出来そうになかった。

「また来るよ。君が納得するまで、何度でも」

孝蔵は一子を振り返り「帰ろう」と目で促した。

その夜、孝蔵は一子にすべてを打ち明けた。

昭和二十年、敗戦間際の日本は本土決戦を前に、不足する兵力を補うため〝根こそぎ動員〟と呼ばれる大量召集を行った。第一次兵備が二月二十八日、第二次兵備が四月二日と六日、第三次兵備が五月二十三日。孝蔵が召集されたのは五月だった。

昭和二（一九二七）年十月生まれの孝蔵はこの時点ではまだ十七歳だったが、前年に徴兵年齢は十七歳に引き下げられていた。

所属した部隊は第二三四師団の歩兵第三二二連隊。名前だけは立派だが、終戦間際のにわか編制だから、兵員は四十過ぎの中年と孝蔵のような少年の混合であり、全員に行き渡るほどの武器弾薬すら持たなかった。部隊は千葉県の八日市場《ようかいちば》で沿岸警備の任に当たったが、孝蔵には穴掘りをさせられた記憶しかない。

もしあのまま戦争が続いていたら、千葉県の海岸に配備された部隊はすべて、上陸する敵軍にあっという間に殲滅《せんめつ》されていただろう。彼我《ひが》の物量の差は絶望的なまでに大きかった。

幸いなことに、孝蔵たちは一度も交戦することなく、八月の終戦を迎えた。

その部隊で仲良くなったのが丹生玲太《におれいた》という同い年の少年だった。名前の順で席次が近かったのが親しくなったきっかけだが、当時から竹を割ったような気性で俠気《おとこぎ》にあふれていた孝蔵と、おとなしくて秀才肌の玲太は妙にウマがあった。

敗戦で除隊になった孝蔵は、夏風邪《なつかぜ》をこじらせてすっかり体調を崩してしまった玲太を家まで送っていった。玲太の家は茅場町《かやばちょう》にあったが空襲で焼け、跡にバラックが建っていた。

「母親は戦争の前に亡くなり、大学教授だった父親も三月十日の空襲で亡くなって、家には姉が一人で住んでいた」

それが丹生真知子だった。

「とてもきれいな人だった。娘にそっくりだよ。俺より五つか六つ年上だったと思う」

孝蔵は美しい年上の女性に一目で恋をしてしまった。真知子には孝蔵の周囲の女性にはない、上品で知性的な雰囲気が漂っていた。

佃島と月島はほとんど空襲の被害を受けずに済んだので、孝蔵の家は無事だった。父の貞蔵も母の小春もまだ働き盛りで、孝蔵を当てにすることもなく、店の再建を目指していた。心置きなく帝都ホテルに復帰した孝蔵は、たまに占領軍の物資が手に入ったりすると、玲太の家に届けた。

「玲太の境遇に同情したのは本当だが、真知子さんに惹《ひ》かれていなければ、貴重な食料を運んだりしなかっただろう」

玲太の健康は回復しなかった。寝たり起きたりが寝たきりになり、その年を越せずに亡くなってしまった。

「多分、今の時代なら助かったと思う。あの頃は薬も不足していたし、ろくな食べ物もなかったから……」

一子も終戦直後の生活は経験している。きっと孝蔵の言う通りだろう。

「玲太が亡くなった後も、俺は真知子さんに食料を届け続けた。一人前になったら結婚したいと思っていた。直接口に出したことはないが、真知子さんも俺の気持ちは分っていたと思う」

しかし、玲太が亡くなって半年ほど過ぎたとき、真知子は突然孝蔵の前から姿を消した。

「一週間ぶりでバラックを訪ねたら、もぬけの殻になっていた。近所の人に聞いても、突然いなくなったと言うだけで、誰も事情を知らなかった。もちろん、行き先も分らなかった」

孝蔵は途方に暮れた。真知子と会っても子供の頃の想《おも》い出《で》など、他愛もない話をしただけで、親戚《しんせき》や交友関係は聞いていない。しかも戦後の混乱が続いていた時期でもあり、探しようがなかった。

「半年くらいは仕事も手につかないほど思い悩んだが、結局、諦《あきら》めるしかなかった」

それから玲子に出会うまで、真知子の消息は耳にしていない。

「結婚したことも、子供が生まれたことも知らなかった。だから、俺が真知子さんに産ませた娘だと言われても、何故《なぜ》そうなるのか、全然分らない」

「……分ったわ」

一子は孝蔵の話を信じた。こんな大事な話で嘘《うそ》をつくような男じゃないのは、よく知っている。

樋口真知子が何故娘に「父親は一孝蔵だ」と嘘を言ったのかは知らないが、それこそ他人に言えない事情があったのだろう。ただ……。

「だから厄介なんだ。あの娘は母親の嘘を信じ切ってる。それで幸せになるならまだしも、身を誤るのは見ていられない。真知子さんの娘には、幸せになってもらいたいんだ」

一子も深く頷いた。それでも一つだけ、どうしても気になった。

「孝さん、今でも真知子さんが好きなの？」

孝蔵は遠くを見る目になって少し考え込んだ。

「……そうだな。嫌いになるほど長く付き合ったわけじゃないから。しかし、やっぱり昔とは違う。生身の女と言うより、小説や映画のヒロインみたいな感じだ。真知子さんはずっと昔のままで、年取った姿は想像できない」

「そう」

孝蔵の答えは正直で、極めて真っ当なものだろう。

それでも一子は少し悲しかった。想い出の中の真知子は〝永遠の処女〟だった。しかし、孝蔵と共に現実を生きる一子は、今や立派な古女房である。亡くなった人に嫉妬しても仕方ないが、色褪《いろあ》せない想い出に、一子は羨望《せんぼう》を感じていた。

翌日の昼、ランチタイムの忙しさが一段落した頃合いに、四つ葉銀行頭取の勝田がはじめ食堂にやってきた。

「いらっしゃいませ」

一子が水とおしぼりを席に運ぶと、勝田は例によって「いつもの」と注文した。カレーライスにウスターソースを掛けて食べるのが定番なのだ。

「昨夜、お宅にいた松方君の店に行ってきたよ。ええと、ビストロ・シェリだったか」

一子は一瞬緊張し、身体を硬くした。

「良い店だね。アットホームな雰囲気で、料理もワインもサービスもお値打ちもんだった」

「勝田さん、ありがとうございました」

一子はホッと胸をなで下ろし、ぺこりと頭を下げた。

「秘書室長以下、味にうるさい連中を三人連れてったんだが、みんな満足してたよ。『ウィークリー・アイズ』のコラムは、何だってあんな的外れなことを書いたのかねえ？」

ウィークリー・アイズは、有村がコラムを連載している雑誌名だ。

「勝田さんにお越しいただいて、きっと店の人間も力づけられたと思います」

昨日のうちに、一子は英次と紗栄子に電話して事情を話した。二人とも「気にしていません」と口を揃えたが、内心ショックを受けているはずだった。高名な評論家に、ほとんど誹謗《ひぼう》中傷に近い記事を書かれたのだから。

勝田が帰るとき孝蔵も厨房から出てきて礼を述べた。

「きっと大丈夫だ。有村だって評論家としての体面もある。そうそう言い掛かりみたいな記事を書くわけにはいかないだろう」

孝蔵は断言したが、一子はやはり心配だった。

食べ物の好みは人によって違う。だから味覚というのはある意味曖昧《あいまい》だ。それなら、書き手の意志で良くも悪くも表現できるのではないだろうか？

そんなことを考えていたら、突然、店の電話が鳴り響いた。

「はじめ食堂でございい……お母さん？」

実家の母の珊子《さんこ》だった。いつになく声が上ずって、言葉つきもおろおろと取り乱している。

「安彦が事故に遭ったんだよ」

「ええっ⁉」

前方不注意の車が衝突事故を起こし、歩道を歩いていた安彦がそれに巻き込まれたのだった。

「幸い、命に別状はないんだけど、腰の骨を折って、しばらく入院しないといけなくてね」

「そうだったの。大変だったわね」

最初のショックが収まると、次の問題が閃《ひらめ》いた。

「それで、お店はどうするの？」

父の一太郎はすでに七十を過ぎており、店の主力は兄の安彦だった。出前専門に雇っているアルバイトはいるが、調理人ではない。それに、安彦が入院となれば兄嫁の鮎子《あゆこ》も病院通いしなくてはならず、接客も珊子一人では心許《こころもと》ない。

「ホールの方はパートの人を雇えば済むんだけど、問題は作り手よ。調理師組合に紹介してもらうしかないんだけど、うちの父があの通りの頑固者だから、見ず知らずの人間と上手《うま》くやっていけるかどうか……」

昼の賄いを食べながら、一子はおよその事情を説明した。

「向こうの皆さんは災難だな。お舅《とう》さんもお姑《かあ》さんも元気だと思ってたけど、考えてみればもう七十過ぎてるのか……」

孝蔵が感慨深げに漏らすと、亮介が箸を置いておずおずと切り出した。

「あのう、俺じゃダメでしょうか？」

「え？」

「しばらく、宝来軒さんの厨房を手伝いに行ったら……？」

一子と孝蔵は驚いて顔を見合わせた。

「ここは真也さんと亘君がいれば十分回せるから、俺が抜けても大丈夫だと思うんです。でも、宝来軒さんは親方一人じゃ無理みたいだから……」

そして、恥ずかしそうに付け加えた。

「俺、ラーメン好きで、結構食べ歩きもやったんです。宝来軒にも何回か行ってるから、親方も若旦那《わかだんな》も知ってるし」

「そうしてくれるか？　ありがとう、亮介。助かるよ」

孝蔵がすぐにそう応じたので、一子は困惑してしまった。亮介は洋食の修業中なのだ。ラーメン屋の助っ人に行くためにはじめ食堂で働いてきたのではない。

「ねえ、あの、良いの？　そんなことして？」

真也と亘は突然のことに戸惑いを隠せない様子だが、亮介はにこにこ笑っているし、孝蔵も当たり前のような顔をしている。

「亮介なら大丈夫だ。絶対お舅さんに気に入られる」

孝蔵がそう言うので、一子も割り切れない気持ちのまま、頷くしかなかった。

その日、一子は亮介に付き添って実家に赴いた。およそのことは電話で話してあるが、直接顔を合わせて頼みたいこともある。

「孝さんの店の人に来てもらえるなんて、そっちには悪いが大助かりだよ」

幸い、一太郎も亮介を気に入ったようだ。ほんの少し言葉を交わしただけで、真面目で誠実な人柄を見抜いたらしい。

「ふつつか者ですが、どうぞよろしくお願いします」

亮介は花嫁のような挨拶をして、頭を下げた。そして、帰ろうとする一子に力強く言った。

「俺、はじめ食堂の名前を汚さないように、頑張りますから」

何故か一子は鼻の奥がツンとして、ポロリと涙を落としそうになった。すでにこの世にいない真知子のことで、いじいじと悩んでいた自分が、恥ずかしくなった。

晴海《はるみ》通りに出たところで、思いがけず勝田の妻の小夜子《さよこ》とばったり会った。

「あら」

「まあ」

小夜子は知人の見舞品をデパートから送った帰りだという。一子は勝田が英次を気遣ってくれたことに礼を述べた。

「せっかくだから、お茶でも如何《いかが》？」

小夜子に誘われ、歌舞伎座の近くの喫茶店に入った。

「何だか、今日は元気がないみたいですね。心配事でもありますの？」

優しく尋《たず》ねられて、一子は孝蔵と真知子の一件を打ち明けてしまった。きっと、自分一人の胸にしまっておくのが苦しくなっていたのだろう。そして、もし誰かに打ち明けるなら、小夜子ほど相応しい人間はいないような気がした。優しく、聡明で、豊富な人生経験の持ち主なのだ。

「……そうでしたか」

黙って一子の話を聞いた後で、小夜子はふうっと息を吐いた。

「私は、何となくその真知子さんという方の気持ちが分るような気がします。どうして自分の娘に、父親が孝蔵さんだと嘘を言ったのか……」

一子はごくんと唾《つば》を飲んで続きを待った。

「おそらく、そう思わないと生きて行けなかったのでしょう。自分自身が子供の父親は孝蔵さんだと信じることで、日々の辛《つら》さに耐えていたんだと思います」

「それじゃ、あの、玲子さんは樋口という人の子供なんですね？」

「おそらくはね。そして、真知子さんが何も言わずに孝蔵さんの前から姿を消してしまったのも、きっとその樋口という男が原因だと思います。憶測《おくそく》でしかありませんけど……」

真知子は闇屋をしていた樋口に目を付けられ、ある日無理矢理に犯されたのだろう。しかも不幸なことに妊娠までしてしまった。真知子はそれを恥じて孝蔵の前から姿を消し、樋口と正式に結婚した。

「樋口は闇屋上がりのチンピラだと、玲子さんは言ったそうですね。一度そういう男に捕まったら、逃げるのは難しいと思いますよ。やっと樋口が死んだとき、孝蔵さんにはすでに家庭がありましたから、真知子さんも諦めるよりなかったんでしょう」

それでも、夢を見ることは出来る。だから娘の玲子に本当の父親は孝蔵だと言い続けた。

小夜子の推論はピタリと腑《ふ》に落ちるものだった。

「あたしも、何だかそれが真相のような気がします。うちの人は自分が身籠《みご》もらせた女をポイと捨てるような、そんなこと出来る人じゃありませんから」

「そうですとも。ご主人を信じておあげなさいな」

「でも、それを玲子さんが納得するかどうか……」

「私は、玲子さんという人はもう、真相に気が付いているような気がしますけど」

「えっ？」

小夜子はニッコリ微笑んだ。

「玲子さんはこれまで何度か孝蔵さんに会って、話し合いをしているのでしょう？　それなら、相手が嘘を言っているかどうか、分るんじゃないかしら。銀座のプロムナードというのは超一流のクラブです。そこでトップクラスの売り上げがあったほどの人なら、人を見る目もあると思いますよ」

一子はかえって困惑してしまった。

「でも、あの、それじゃ何故……？」

「惚《ほ》れたんですよ」

小夜子はもう一度微笑んだ。

「孝蔵さんに。ところが孝蔵さんの心は奥さんにあって、どんなに誘惑しても揺らぎそうにない。それが分っているから、可愛《かわい》さ余って憎さ百倍で、困らせてやりたくなったんでしょう」

「まあ……」

一子は唖然《あぜん》として口を開け、そして閉じた。言われてみればこれもなるほどだった。すべて腑に落ちることばかりではないか。

「奥様は、まるで千里眼です」

一子は感嘆のあまり、ほとんど小夜子を仰《あお》ぎ見ていた。

「奥様のような方がそばにいらっしゃれば、勝田さんは何があっても安心しておいでになれますね」

小夜子は恥ずかしそうに首を振った。

「私も、昔は主人の気持ちを測りかねて、誤解したこともありました。主人は大変だったと思いますよ」

勝田と小夜子は岩手県の寒村の生まれだった。どちらの家も自作農ではあったが貧しかった。勝田は小夜子より五歳年上で、村一番のガキ大将、そして子供の頃から小夜子に「おめはおらの嫁さなれ」と命じていたので、小夜子も何となく大きくなったら勝田の嫁になるのだろうと思うようになった。

勝田はガキ大将であると同時に非常に頭の良い子供で、努力家でもあった。その地方の素封家《そほうか》の援助で旧制中学から一高、帝大法学部へと進学し、四つ葉銀行に入行した。そして、めきめき頭角を現して、やがて頭取に就任した……。

学校の休みに故郷の村へ帰ってくる度に、勝田は偉くなっていた。近在の村で帝大に入学した若者など一人もいなかった。小夜子は、もう勝田の嫁にはなれないだろうと諦めていた。

「銀行に入って二年目に、頭取のお嬢さんとの縁談が持ち上がりましてね。勿体《もったい》ないお話で、断る人はいませんよ。私は、これでもう思い切って、別の縁談を受けようと決心しました。そうしたら……」

小夜子の手紙を読んだ勝田は村に飛んで帰った。そして、小夜子の両親に「嫁にくれ」と直談《じかだん》判《ぱん》すると、その日のうちに小夜子を連れて東京へ引き返した。

その時勝田は言った。職業人としての自分のすべてを銀行に捧げる。しかし、仕事以外の人生は自分で選ぶ。自分の妻は小夜子以外にいない。この気持ちは小学生のときから少しも変っていない、と。

「急なことだったので、式を挙げる時間もなくて。上司のご夫妻が同情して下さって、奥様の花嫁衣装をお借りして、後から形だけの式を挙げたんですよ。お陰様で、子供たちに結婚式の写真を見せることが出来ました」

一子はただ圧倒される思いがした。勝田も、小夜子も、互いを信じ、思いやる気持ちの何と強いことだろう。

「あたし、勇気が湧《わ》いてきました」

今はもう、わずかに残っていた真知子に対するわだかまりは、跡形《あとかた》もなく消え去っていた。

数日後、八時半を回ってラストオーダーになろうかという時刻に、玲子と有村が連れ立ってはじめ食堂に現れた。

店にはカウンターに常連の山手政吉・政夫親子、辰波銀平、そして珍しく佐伯直がテーブル席にいた。

「すみません、そろそろラストオーダーですが、よろしいですか？」

一子が尋ねると、有村は鷹揚に頷いた。

「長居はしないから、出来るもので結構」

玲子は一子を見て、挑むようににやりと笑った。

しかし、一子はもう不愉快ではない。痛ましい思いに胸がうずいた。

二人がテーブルにつくと、厨房から孝蔵がやってきた。コック帽を脱ぎ、有村の前に立って頭を下げた。

「有村さん、この通りです。今日限りこの子と別れてやって下さい」

これには有村のみならず、玲子も客も厨房の二人も、驚いて言葉を失った。

「な、何だ、いきなり……」

有村はやっと口を開いたが、衝撃でしどろもどろになっている。

「私は帝都時代からあなたの女性遍歴を聞かされています。レストランへお連れになった女性の顔ぶれも拝見しました。この子をその中の一人にしたくないんです」

有村はやっと戸惑いから立ち直り、不快そうに顔をしかめて孝蔵を睨んだ。玲子は、まだ態度を決めかねているようだ。

「いったい、君はどういう神経をしているんだ？　それが客に向って言う言葉か？　無礼千万だ」

孝蔵はじっと有村を見下ろして、厳然と言い放った。

「あなたには今日限りこの店への出入りをお断りします。そして、この娘にも近づかないでいただきたい」

「何だと？」

有村は怒りで顔を紅潮させた。

「貴様、何様のつもりだ」

「私は玲子の父親です」

それは明らかに有村ではなく、玲子に向けた言葉だった。

玲子はハッと息を呑み、孝蔵を見上げた。狼狽《ろうばい》して、落ち着きなく目が動いている。

「私は玲子の母親を愛していました。事情があって結婚は出来ませんでしたが、一日も忘れたことはありません。親子が幸せになってくれるように祈っていました。そして、二十四年ぶりにやっと娘に会えました。だからどうしても、娘には亡くなった母親の分まで幸せになってもらいたいんです。みすみす不幸になると分っていて、放《ほう》っておくことは出来ません。玲子とすっぱり手を切って下さい」

有村は、本当なのかと問いかけるように、玲子の顔を窺《うかが》った。

と、玲子の目から一筋、光るものが流れた。

「お父さん、ごめんなさい」

わずかに震えを帯びた声だった。

「あたしがバカだったわ。こんな人、最初から好きでも何でもなかった。ただ、お父さんを心配させてやりたかっただけ」

そして、無理に笑顔を作ろうとした。

「お父さん、ありがとう。お母さんとあたしのこと、大事に思っててくれたんだね。お父さんの気持ちが分ったから、もう、それで良い。あたし、もう一度ちゃんとやり直すよ。お母さんが言ったように、お父さんに恥ずかしくない生き方を見つけるからね」

玲子の頰《ほお》には止めどなく涙が流れたが、顔は微笑んだままだった。

「玲子……」

玲子は勢いよく椅子から立ち上がると、孝蔵に抱きついた。それはほんの一瞬で、次の瞬間にははじかれたように離れた。

「お父さん、元気でね。さよなら!」

玲子はそのまま後も見ずに外へ飛び出した。

予想外の成り行きに、言葉を発する者は誰もいない。が、突然高らかな笑い声が響いた。心臓外科医の佐伯直だった。

「有村さん、色男も形無しね。あの子、最初から最後まで、あなたなんか眼中になかったわ」

有村はちらりと直を見たが、何も答えず、憮然《ぶぜん》として席を立った。

「ウィークリーのコラムだけど、あんまりデタラメ書かない方が身のためですよ。今度やったら、社会的な信用を失うと思うわ」

追い打ちを掛けるような台詞を背中に受けて、有村は店を出て行った。

一子はテーブルの食卓塩を手に取ると、ドアを開けて外にまいた。

「先生、あのキザ男とお知り合いなんですか？」

銀平が尋ねると、直は吐き捨てるように言った。

「もう十年も前になるけど、私の親友があいつに引っかけられて、散々な目に遭ったのよ。二股《ふたまた》も三股も掛けられた上に、体《てい》よく捨てられて、最後は自殺未遂……。あんな実《じつ》のない男に深入りしちゃダメだって、何度も言ったんだけど」

当時を思い出したのか、一瞬、忌々《いまいま》しげに顔が歪《ゆが》んだ。しかし、再び口を開いたときは、さばさばした口調に変っていた。

「でも、お陰様で胸がスッとしたわ。あいつがフラれるとこ見られて」

そして、楽しそうに宣言した。

「今日は快気祝いよ。ご主人、一番高いお酒一本開けて。私から皆さんにプレゼントします。さあ、パーッとやりましょう！」

はじめ食堂が盛大な歓声に包まれたことは言うまでもない。

翌日、ベルは閉店した。そして玲子は行く先も告げずに姿を消した。

しかし一子も孝蔵も、それが真知子のような悲しい旅立ちではなく、幸せをつかむための旅立ちであることを信じて疑わなかった。


九月十三日、万国博覧会が大成功のうちに幕を閉じた後、はじめ食堂にはもう一つの別れが待っていた。


「俺、ラーメン屋をやりたいんです」

それが亮介の下した決断だった。

宝来軒で働くうちに、亮介は自分には洋食よりラーメンが向いていると確信するようになった。スープと麺《めん》にトッピングを載せただけのシンプルな料理だが、奥は深い。まだ誰も食べたことのない味を追求する余地は十分にある。宝来軒で働きながら、亮介には感じるところがあった。ラーメンなら自分だけの味を作れるのではないか？

安彦が復帰するまでの三ヶ月間で、亮介はラーメン屋の仕事に習熟した。そして、自分なりの工夫でオリジナルのスープを作り始めた。鶏《とり》がら、豚骨、コンブ、煮干し、魚骨、その他様々な材料を組み合わせ、新しい旨《うま》さに挑戦し続けた。

一子の両親も絶大な信頼を寄せていた。

「しばらくはうちで働いて様子を見たらどうだろう？　倅《せがれ》夫婦には子供がいないから、店を継いでもらっても良いし、独立して店を始めるなら、その時は大いに協力するよ」

願ってもない申し出で、亮介は感謝して受けた。

亮介の心が決まっている以上、孝蔵も一子も何も言うことはなかった。

「孝さん、こうなることが分っていて、亮介君を手伝いに行かせたの？」

「まさか」

孝蔵は少し困った顔になった。

「ただ、洋食とは全然違う料理の仕事をするのも、勉強になるんじゃないかとは思ったよ。少し亘と離して、気分転換させてやろうという気持ちもあったが……こうなるとは思わなかった」

しかし、迷いを振り払うかのように、晴れ晴れと続けた。

「亮介が自分で決めたことだ。一番良い決断だったと思ってやろう」

「そうね」

一子も自分の心に言い聞かせた。

亮介のお別れ会ははじめ食堂の定休日に行われた。独立した英次夫婦もやってきた。

ちょっと変っていたのは、宴《うたげ》の最後に亮介がオリジナルスープで作ったラーメンを振る舞ったことだ。

「旅立ちのお祝いに、召し上がって下さい。これからも工夫を重ねて、精進《しょうじん》していきますから！」

一子は目の前のラーメンをじっと見た。澄み切ったスープに細い麵。とても上品だ。

「あら……」

スープを一口飲んで驚いた。これは何の出汁《だし》だろう？　見た目とは違って深い味わいだが、決してしつこくはない。

「鯛《たい》か？」

孝蔵が呟くと、亮介はニッコリ笑った。

「さすが、親方。鯛の中骨と昆布《こんぶ》出汁を合わせました。まだ試作段階ですけど」

「美味しいわね。何だか、ラーメンじゃないみたい」

「いや、変ってるけど立派なラーメンだよ」

英次と紗栄子も夢中でラーメンをすすっている。

「試行錯誤ですよ。こういうあっさりした味も良いけど、こってりとボリュームのある味も好きなんです。どっちの路線で行くかも、まだ決まってなくて」

「どっちも絶対美味いですよ。僕、先輩の店が開店したら、毎日食べに行きますから」

「亘君はほんと、調子良いよな」

食堂には会話が飛び交い、明るい笑い声が響く。

そんな中、グスンと洟《はな》をすする音がした。高だった。

「亮ちゃん、たまには遊びにおいでよね」

「もちろんだよ。タカちゃんも、おいでよね」

一子も涙がこみ上げてきて、鼻をかんだ。

「おいおい、ラーメンがしょっぱくなっちまうぞ」

孝蔵は泣いていなかった。これが終わりではなく始まりに過ぎないことを知っているからだ。

一子は無理に明るい声を張り上げた。

「それじゃ最後に、三本締め行きましょう！」

亮介が負けずに声を上げた。

「その前に、はじめ食堂、万歳《ばんざい》！」

食堂のおばちゃんのワンポイントアドバイス

これは「はじめ食堂」が出しているメニューを、ご家庭で楽しんでいただくためのレシピ集です。難しそうに見える料理も、文末のワンポイントアドバイスを参考にしていただければ、案外簡単に、失敗なく作ることができますよ。

分量はあくまで参考です。各家庭に合わせて加減してください。

この物語を読んで「美味しそう!」と思ってくれたあなた。せっかくの機会です。さあ、挑戦してみましょう!

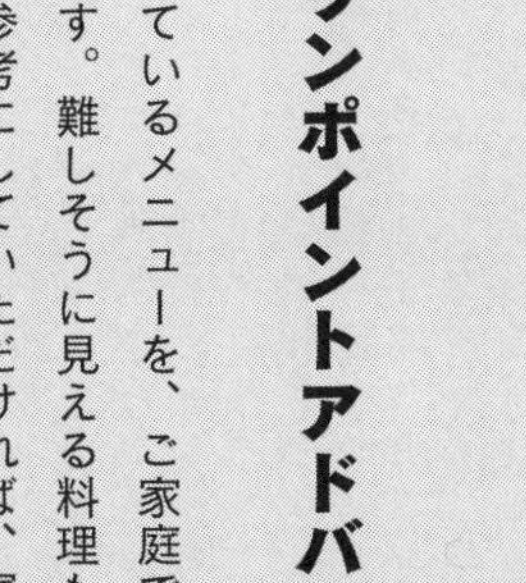

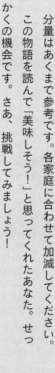

① ハンバーグ

〈材　料〉４人分

合い挽き肉５００～６００g

タマネギ（大）１個

卵１個　パン粉適宜

ニンニク½片　生姜《しょうが》１片

塩・コショウ　日本酒　各適量

〈作　り　方〉

●挽肉は調理の30分前に冷蔵庫から出して常温にしておく。

●タマネギをみじん切りにして、半分をフライパンで炒める。

●ニンニクと生姜をみじん切りにする。

●ボウルに挽肉、タマネギ、ニンニク、生姜、パン粉、卵を入れ、塩・コショウを小さじ1杯見当、日本酒を１００ml程度振り入れたら両手で混ぜ合わせ、こねる。

●小判形に４つ形成し、焼く。オーブンに入れても良し、フライパンで片面を焼いて裏返し、蓋をして焼いても良い。

〈ワンポイントアドバイス〉

☆ハンバーグの素を多めに作っておき、残りを小ぶりに形成して、デミグラスソース（市販のものでＯＫ）で煮込めば、煮込みハンバーグになります。バラして煮ればミートソースになりますから、パスタにかけてどうぞ。ご飯にかけても美味しいですよ。

② メンチカツ

本文にも書きましたが、形成したハンバーグに小麦粉、卵、パン粉の衣を付け、油で揚げればメンチカツの出来上がり。

〈ワンポイントアドバイス〉

☆ハンバーグよりいくらか薄めに形成して、トンカツのように低温（１５０度くらい）からじっくり５～６分かけて揚げましょう。

☆ついでに、このハンバーグの素を茹《ゆ》でたキャベツで巻いて煮込めばロールキャベツにもなります。

③トンカツ

〈材　料〉4人分

豚ロース切り身（120〜200g）4枚

小麦粉　パン粉　塩・コショウ　各適量　卵1個

〈作　り　方〉

●肉は調理の30分前に冷蔵庫から出して常温にする。

●筋切りをする。簡単に言えば、脂身と赤身の境目を5、6カ所、包丁の先でブスブス刺すこと。片面だけでOK。

●肉に塩・コショウを振る。

●小麦粉、溶き卵、パン粉の順で衣を付ける。店によっては卵に牛乳を混ぜる。

●油は低温（150度くらい）からじっくりと、中火で5〜6分揚げる。油の音が静かになってきたら、水分が蒸発した証拠。

〈ワンポイントアドバイス〉

☆揚がったかどうかよく分からなかったら、1枚まな板に引き上げて真ん中を切ってみましょう。中が赤くなければ大丈夫。

④ 海老《えび》フライ

〈材　　料〉４人分

冷凍海老３Lサイズ12本

小麦粉　パン粉　各適量

卵１個

〈作　り　方〉

●海老を解凍する。ボウルに入れて流水をかけて溶かしてもOK。

●殻を剥く。足をもいで、腹側から剝がすと簡単。

●片栗粉と塩（分量外）をボウルに入れ、その中で海老を揉み、流水で流す。こうすると海老の臭みが取れる。

●尾の先を切り、指で押すか包丁の背でしごいて水分を抜く。

●包丁で背を開いて中の内臓（背わた）を取ってきれいにする。

●このままでは揚げると丸まるので「海老反り」させてポキンと腰を折り、側面の筋を包丁で切って姿勢をまっすぐにする。

●小麦粉、卵、パン粉の順で衣を付けて揚げる。

●中温（１７０〜１８０度）で２分程度揚げるとミディアム・レアで食べ頃だと思う。それぞれご家庭で調節してください。

〈ワンポイントアドバイス〉

☆せっかくの海老フライなので、自家製タルタルソースを作ってみましょう。

◎**材　料：**卵４〜６個　タマネギ（小）１個　ピクルス少々

乾燥バジル・パセリ適宜

マヨネーズ　塩・コショウ　各適量

◎**作り方：**卵は固茹《かたゆ》で。タマネギとピクルスはみじん切り。

材料を全部マヨネーズで和え、塩・コショウで味を調整する。

混ぜる前にタマネギを絞るとソースの汁気が少なくなるので、サンドイッチの具にぴったり。

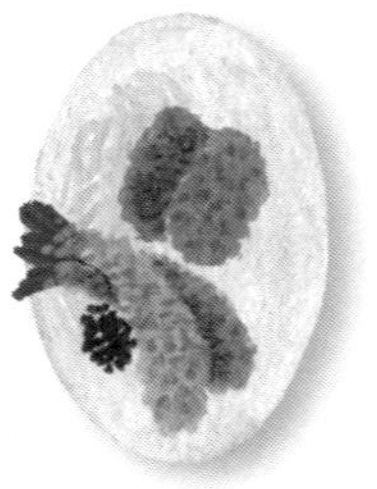

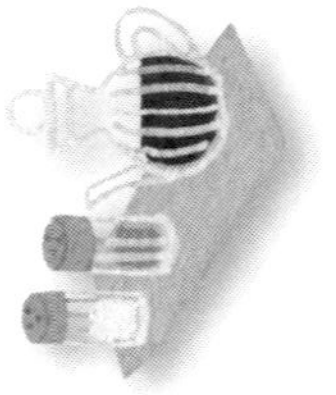

⑤ ロールキャベツ

〈材　料〉４人分

キャベツ1個（大）　合い挽き肉４００g　卵1個
パン粉　日本酒　塩・コショウ
コンソメスープ（市販のものでＯＫ）　各適量

〈作　り　方〉

●大鍋に湯を沸かし、沸騰したら芯をくりぬいたキャベツを入れて茹でる。外から順に火が通るので、1枚ずつ剝がして、大・中・小のサイズごとに分けておく。１人２個の場合、大の葉が最低８枚は必要になる。
●挽肉と卵、パン粉、日本酒、塩・コショウを混ぜ、団子を８個作る。茹でたキャベツの大の葉の、芯の部分を包丁で薄く削いでおくと、巻くときに扱いやすい。
●団子をキャベツの葉で二重（中＋大、又は小２＋大）に巻く。
●鍋にロールキャベツを並べ、コンソメスープで煮る。肉に火が通ったら完成。

〈ワンポイントアドバイス〉

☆このままでも美味しいが、デミグラスソース、ホワイトソース、トマトソース（いずれも市販のものでＯＫ）を加えて煮るとそれぞれデミ味、クリーム味、トマト味になる。市販のソースはバターと生クリームを加えると、こくが増す。

⑥ チキンライス

〈材　料〉４人分

白米３合　鶏もも肉３００g　タマネギ2個　ケチャップ
サラダ油　ラード　塩・コショウ　コンソメ顆粒　各適量

〈作　り　方〉

●米３合に対して水２合で炊く。

●タマネギは粗みじん切り。鶏もも肉は約２センチ角に切る。

●サラダ油で鶏肉とタマネギを炒め、コンソメ顆粒と塩・コショウで味を調える。出来上がったらザルなどに入れ、炒め汁を切っておく。

●フライパンにサラダ油とラードを同じ分量ずつ入れ、ご飯を入れて炒め、炒めたタマネギと鶏肉を加えて更に炒め、ケチャップで味付け。

〈ワンポイントアドバイス〉

☆ご飯を固めに炊くこと、鶏肉とタマネギを炒めた後の汁をキチンと切っておくこと、ご飯を炒めるときサラダ油とラードを同じ分量ずつ使うこと、この三つを守れば、ご飯がベチャベチャになりません。

⑦ オムライス

〈材　料〉４人分

卵12個　牛乳　バター　サラダ油　塩・コショウ　各適量
⑥で作ったチキンライス

〈作　り　方〉

●所謂《いわゆる》タンポポオムライスは、一人分卵３個を使います。

●卵３個をボウルに割り入れ、牛乳と塩・コショウを入れて混ぜる。

●熱したフライパンにサラダ油とバターを同量ずつ入れ、なじませたら卵液を入れ、かき混ぜる。半熟状態になったらオムレツに形成して火を止める。

●皿に盛り付けた⑥のチキンライスの上に、そっとオムレツを載せる。ナイフを入れ、とろとろの半熟卵が流れ出せば大成功。他の三つも同様に。

●オムレツを作るとき、全部バターを使っても、もちろんOKですよ。

⑧山口家の母の味カレー

今やカレーは和・欧・インド・タイと、あらゆるレシピが溢れているので、我が家で母が作っていたカレーをご紹介します。

〈材　料〉４人分

乾燥白インゲン豆（大きいものは「白花」という名前）２５０g
骨付き鶏もも肉（小さくカットしてあるもの）５００g
S＆Bディナーカレー（中辛）１・５箱〜２箱
タマネギ３〜４個
日本酒１合　バター　生クリーム　塩・コショウ　各適量

〈作　り　方〉

●白インゲン豆を１Lのぬるま湯にひたし、一晩置く。
●豆が水分を吸収するので５００ml〜１L水を加えて鍋にかけ、沸騰したら日本酒を入れ、弱火で煮る。
●タマネギをスライスする。
●骨付き鶏肉とタマネギスライスを入れ、煮込む。
●豆と鶏肉が柔らかくなったら、S＆Bディナーカレーを入れ、更に煮る。仕上げにバターと生クリームを入れ、塩・コショウで味を調節。
●カレー粉やコンソメの素、生姜とニンニクのすり下ろし、唐辛子の輪切りなど、お好みで加えても美味しいですよ。

〈ワンポイントアドバイス〉

☆あくまでも「我が家のカレー」なので、それぞれのご家庭でアレンジしてください。タマネギだけで寂しかったら人参やブロッコリーを足しても良いし、鶏肉以外のお肉もお試しください。
☆乾燥白インゲン豆は乾物屋・デパ地下・大型スーパーなどで売っています。

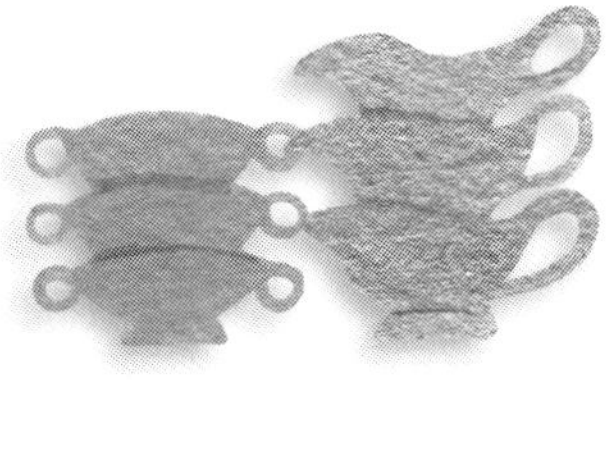

⑨レストランのコロッケ

洋食の中でも調理工程が最も複雑なのはコロッケではないでしょうか。今回はそのコロッケの中でも最高級の味を追求します。

勇気のある人はギネスに挑戦するつもりでやってみましょう。

〈材　料〉４人分

ジャガイモ（メークイン）４個　合い挽き肉２００g

タマネギ（大）1個

小麦粉　卵　パン粉　サラダ油　塩・コショウ　各適量

◎ベシャメルソース

小麦粉１００g　バター50g　牛乳５００mlくらい

〈作　り　方〉

1．まず最初にベシャメルソースを作る

●厚手の鍋を弱火に掛け、バターを溶かしたら小麦粉を振り入れ、焦がさないように、パラパラになるまで炒める。

●鍋を火からおろし、冷水又は濡《ぬ》れ布巾《ぶきん》の上に置いて冷ます。

●パラパラの小麦粉がトロリとしてきたら、再び鍋を弱火に掛け、牛乳を少しずつ加えながら、ダマにならないように丁寧に混ぜる。

●通常のベシャメルソースよりやや硬めの状態で完成。

2．コロッケに取りかかる

●ジャガイモを洗い、水を沸騰させた鍋に皮ごと入れて茹でる。竹串を刺してすんなり通れば茹で上がり。

●布巾で持って皮を剝く（冷水を用意して指を冷やしながら）。

●マッシャーでジャガイモをつぶす。

●ジャガイモを茹でている間、タマネギを粗みじんに切り、サラダ油で挽肉と炒めて塩・コショウする。

●つぶしたジャガイモ、炒めた挽肉とタマネギ、ベシャメルソース（全部では多すぎるので、半分くらいの量）を混ぜ、冷蔵庫に入れて冷やす。熱いままだとソースがとろけて指にくっつく。

●冷えた具材を形成し、小麦粉、卵、パン粉の順で衣を付け、油で揚げて出来上がり！

〈ワンポイントアドバイス〉

☆余ったベシャメルソースはもう少し牛乳を足して柔らかに

し、冷凍しておくと、ロールキャベツやハンバーグ、カレーに使える。

☆ついでに簡単なグラタンを一品。

☆グラタン皿にソースを敷き、炒めたタマネギ（もしあればマッシュルームも）と半分に切った茹で卵を載せ、上からもう一度ソースをかけ、粉チーズを振ってオーブンで焼く。

☆タマネギの代わりにホウレン草（＆ベーコン）を使うと彩りがきれい。卵の横にプチトマトを置けば、赤・黄・緑・白。見た目もゴージャスだから、パーティー料理にも使えますよ。

番外編　肉野菜炒め

私が食堂に勧めていた頃、人気のあったメニューです。

〈材　料〉４人分

タマネギ　人参　キャベツ　タケノコ　キクラゲ　もやし

ニラ　豚コマ（材料はあるものだけでＯＫ。量も適当で）

塩・コショウ　中華スープの素　醤油《しょうゆ》

日本酒　油　各適量

〈作　り　方〉

●タマネギ、キャベツ、ニラを切る。キクラゲは戻して千切り。タケノコと人参は薄く切る。

●中華鍋を熱し、油をなじませ、豚肉を炒め、酒と塩・コショウを振ったら別容器に取り出す。

●人参、タマネギ、タケノコ、キャベツ、キクラゲ、もやし（火の通りにくい順）を次々鍋に入れて炒め、豚肉を戻し入れ、中華スープの素を入れ、ニラを入れて炒め、最後に醤油で味を調える。

〈ワンポイントアドバイス〉

☆炒め物には豚コマが最適です。適度に脂身がないと美味しくなりません。材料など気にせず、あり合わせの野菜と肉で作ってみてください。ご飯が進みますよ。

番外編　カルパッチョ三種

〈材　料〉４人分

白身魚の刺身、又はホタテの刺身　各適量

〈作り方〉

①和風

●大根、キュウリ、ミョウガ、大葉を千切りにする。

●皿に野菜を敷き、刺身を並べ、ポン酢とオリーブ油を垂らす。

●お好みでおろし山葵《わさび》、あるいは生姜の絞り汁をどうぞ。

②イタリアン風

●イタリアンサラダ用の野菜（ルッコラやバジルなど）を皿に敷き、刺身を並べ、パスタ用のバジルソースとバルサミコ酢を垂らす。

③中華風

●大根、キュウリ、人参、好みでミョウガを千切りにする。

●野菜とワンタンの皮の揚げたもの（無ければポテトチップス）、ピーナッツのみじん切り（無くてもいい）を皿に敷き、刺身を並べる。

●飾りに香菜を散らし、熱したピーナッツ油（無ければごま油）をかけ、塩・コショウで和《あ》える。お好みで出汁醬油《だしじょうゆ》、生姜の絞り汁などを垂らしても美味しい。

〈ワンポイントアドバイス〉

☆刺身一つでこんなに変身。簡単で見た目がきれいだから、パーティー料理にも使えますよ。ぜひ一度、お試しください。

本作品は書き下ろし小説です。

著者略歴

山口恵以子〈やまぐち・えいこ〉
1958年東京都生まれ。早稲田大学文学部卒。会社勤めをしながら松竹シナリオ研究所でドラマ脚本のプロット作成を手掛ける。2007年『邪剣始末』でデビュー。13年、丸の内新聞事業協同組合の社員食堂に勤務するかたわら執筆した『月下上海』で第20回松本清張賞を受賞。他の著書に『あなたも眠れない』『小町殺し』『恋形見』『あしたの朝子』『熱血人情高利貸　イングリ』『早春賦』『風待心中』などがある。

Kadokawa Haruki Corporation

山口 恵以子
恋《こい》するハンバーグ　佃《つくだ》はじめ食堂《しょくどう》

*

2016年7月18日第一刷発行

発行者 角川春樹
発行所 株式会社 角川春樹事務所
〒102-0074 東京都千代田区九段南2-1-30 イタリア文化会館ビル
電話03-3263-5881(営業) 03-3263-5247(編集)
印刷・製本 中央精版印刷株式会社

ISBN978-4-7584-1288-9 C0093
http://www.kadokawaharuki.co.jp/
JASRAC 出1606250-601